인성교육을 위한 고전 읽기 인문학 글쓰기

# 推句集

### 추구집 필사노트

하늘이 높으니 해와 달이 밝고
땅이 두터우니 풀과 나무가 자라네.
달이 나오니 하늘은 눈을 뜬 것 같고
산이 높으니 땅은 머리를 든 것 같네.

몸이 오니 배꽃은 하얗게 피고
여름이 오니 나뭇잎이 푸르네.
가을이 서늘하니 황국이 만발하고
겨울이 차가우니 흰 눈이 내리네.

日月千年鏡
江山萬古屛
東西日月門
南北鴻雁路

天高日月明
地厚草木生
月出天開眼
山高地擧頭

春來梨花白
夏至樹葉靑
秋凉黃菊發
冬寒白雪來

동서는 몇 만 리인가?
남북은 자로 잴 수 없네.
하늘은 서북쪽으로 기울어져 있고
땅은 동남쪽으로 경계가 낮네.

해와 달은 천년의 거울이요
강과 산은 만고의 병풍이로다.
동쪽과 서쪽은 해와 달의 문이요
남쪽과 북쪽은 기러기 떼의 길이로다.

東西幾萬里
南北不能尺
天傾西北邊
地卑東南界

인성교육을 위한
고전 읽기 인문학 글쓰기

# 추구집
# 필사노트

시사정보연구원 편저

推句集

시사패스
SISAPASS.COM

인성교육을 위한 고전 읽기 인문학 글쓰기

# 推句集 추구집 필사노트

1쇄 발행    2021년 4월 5일

편저자    시사정보연구원
발행인    권윤삼
발행처    도서출판 산수야

등록번호    제1-1515호
주소    서울시 마포구 월드컵로 165-4
우편번호    03962
전화    02-332-9655
팩스    02-335-0674

ISBN 978-89-8097-535-8    43810

"一日不讀書 口中生荊棘"
하루라도 글을 읽지 않으면 입안에 가시가 돋는다

안중근 의사가 뤼순 감옥에서 붓글씨로 쓴 유묵 중에 위의 글귀가 있습니다. 하지만 추구집에 이 글이 들어 있다는 것을 아는 이는 많지 않습니다.

『추구집』은 옛날 시인들이 쓴 유명한 시 가운데서 학생들이 본받을 만한 좋은 구절만을 뽑아놓은 작자 미상의 책입니다. 추구(抽句)란 '유명한 글의 구절을 뽑았다'는 뜻으로 추구집에 나오는 오언절구의 시들은 유명한 시인 묵객들이 애송하던 빼어난 구절로 가득합니다.

초학자들이 공부한 천자문은 주로 한자를 익히는 데 이용되고, 사자소학은 인간의 윤리도덕을 강조한 반면, 추구는 좋은 시구(詩句)를 익힘으로써 어린 학동들의 정서 함양과 사고력과 상상력 발달 및 시부(詩賦)의 이해와 문장력 향상에 그 목적이 있었습니다.

속담과 해학, 풍자, 명언 등을 오언시로 정리한 『추구집』은 삼라만상과 더불어 일상생활에 스며들어 있는 선조들의 슬기와 지혜를 배울 수 있으며, 대자연의 아름다움과 계절의 변화에 인간의 삶을 빗대어 노래하고 있기 때문에 관찰력을 높일수 있습니다. 덤으로 이 책을 읽고 따라쓰는 독자라면 널리 알려진 유명한 한시를 낭송하면서 마음에 깊이 새기는 시간 또한 만끽할 수 있습니다.

손은 우리의 뇌와 밀접하게 연결되어 있습니다. 손으로 글씨를 쓰면 뇌를 자극

하여 뇌 발달과 뇌 건강에 도움을 준다는 연구결과가 증명하듯 손글씨는 어린이와 어른을 아울러 주목받고 있는 분야이기도 합니다. 글씨는 자신을 드러내는 거울이며 향기라고 성현들이 말했듯이 정성을 들여서 자신만의 필체를 갖도록 노력하는 것도 좋을 것입니다.

『추구집 필사노트』는 천지자연에 관한 것을 먼저 싣고, 사람에 관한 것과 일상생활에서 항상 접하는 것을 설명한 후에 학문을 권하는 내용을 강조한 권학 순으로 구성되어 있습니다. 주옥같은 명시들을 손으로 쓰면서 마음에 새길 수 있도록 구성하였으니 독자 개개인이 이 책의 특징을 최대한 활용하여 꼭 내 것으로 만들어 보세요.

## 畵虎難畵骨 知人未知心

호랑이를 그려도 뼈는 그리기 어렵고
사람을 알아도 마음은 알 수 없다네.

# 인성교육을 위한 추구집 필사노트
## 이렇게 활용하세요!

* 『추구집』은 인문학 최고의 지침서로 꼽는 책입니다. 학동들의 정서 함양과 사고력 발달 및 시부(詩賦)의 이해와 문장력 향상에 있어 최고의 지침서로 인정받는 책이 바로 『추구집』이랍니다. 삶을 통찰하는 최고의 책으로 손꼽히니 여러분의 마음에 새겨서 자신의 것으로 만드는 것이 무엇보다 중요하답니다. 마음에 새겨 놓으면 어떤 일이 닥쳐왔을 때 지혜를 발휘할 수 있기 때문이지요.

* 매일매일 추구집 문장을 하나씩 소리 내어 익혀봅시다. 스스로 학습 시간을 정해서 추구집의 명문장을 소리 내어 읽고 직접 손으로 쓰면서 마음에 새기도록 합니다. 우리의 삶에 필요한 내용들을 담고 있기 때문에 내면이 바르고 성숙한 인격체로 성장할 수 있도록 도와줍니다.

* 두뇌 발달과 사고력 증가, 집중력 강화에 좋습니다. 우리의 뇌에는 손과 연결된 신경세포가 가장 많습니다. 손가락을 많이 움직이면 뇌세포가 자극을 받아 두뇌 발달을 돕게 됩니다. 어르신들의 치료와 질병 예방을 위해 손가락 운동을 권장하는 것도 뇌를 활성화시키기 위해서랍니다. 많은 연구자들의 결과가 증명하듯 글씨를 쓰면서 학습하면 우리의 뇌가 활성화되고 기억력이 증진되어 학습효과가 월등히 좋아진답니다.

* 혼자서도 맵시 있고, 단정하고, 예쁘고 바른 글씨체를 익힐 수 있습니다. 추구집의 문장을 쓰다 보면 삐뚤빼뚤하던 글씨가 가지런하고 예쁜 글씨로 바뀌게 된답니다. 글씨는 예부터 인격을 대변한다고 합니다. 명시들을 익히면서 가장 효율적인 학습효과를 내는 스스로 학습하는 힘을 길러줌과 동시에 단정하고 예쁜 글씨를 쓸 수 있도록 이끌어 줄 겁니다.

# ★ 한자의 형성 원리

## 1. 상형문자(象形文字) : 사물의 모양과 형태를 본뜬 글자

☼ → ⊙ → 日 → 日    날 일(해의 모양)

⺼ → 月 → 月 → 月    달 월(달의 모양)

♀ → 孑 → 孚 → 子    아들 자(아들의 모양)

👁 → ⬭ → 目 → 目    눈 목(눈의 모양)

## 2. 지사문자(指事文字) : 사물의 모양으로 나타낼 수 없는 뜻을 점이나 선 또는 부호로 나타낸 글자

⤒ → 丄 → 𠄟 → 上    윗 상(위를 뜻함)

中 → 中 → 中 → 中    가운데 중(가운데를 뜻함)

𠆤 → 丁 → 丂 → 下    아래 하(아래를 뜻함)

朩 → 朩 → 夲 → 本    근본 본(뿌리를 뜻함)

3. **회의문자**(會意文字) : 이미 만들어진 글자를 2개 이상 합한 글자

　人(사람 인) + 言(말씀 언) = 信(믿을 신) : 사람의 말은 믿는다.

　田(밭 전) + 力(힘 력) = 男(사내 남) : 밭에서 힘써 일하는 사람.

　日(날 일) + 月(달 월) = 明(밝을 명) : 해와 달이 밝다.

　人(사람 인) + 木(나무 목) = 休(쉴 휴) : 사람이 나무 아래서 쉬다.


4. **형성문자**(形聲文字) : 뜻을 나타내는 부분과 음을 나타내는 부분을 합한 글자

　口(큰입 구) + 未(아닐 미) = 味(맛볼 미)　　*左意右音* 좌의우음

　工(장인 공) + 力(힘 력) = 功(공 공)　　　　*右意左音* 우의좌음

　田(밭 전) + 介(끼일 개) = 界(지경 계)　　　*上意下音* 상의하음

　相(서로 상) + 心(마음 심) = 想(생각 상)　　*下意上音* 하의상음

　口(큰입 구) + 古(옛 고) = 固(군을 고)　　　*外意内音* 외의내음

　門(문 문) + 口(입 구) = 問(물을 문)　　　　*内意外音* 내의외음


5. **전주문자**(轉注文字) : 있는 글자에 그 소리와 뜻을 다르게 굴리고(轉)

　　　　　　　　　　　　　끌어내어(注) 만든 글자

　樂(풍류 악) → (즐길 락 · 좋아할 요)　예) 音樂(음악), 娛樂(오락)

　惡(악할 악) → (미워할 오)　　　　　　예) 善惡(선악), 憎惡(증오)

　長(긴 장) → (어른 · 우두머리 장)　　예) 長短(장단), 課長(과장)


6. **가차문자**(假借文字) : 본 뜻과 관계없이 음만 빌어 쓰는 글자를 말하며 한자의 조사,

　　　　　　　　　　　　　동물의 울음소리, 외래어를 한자로 표기할 때 쓰인다.

　東天紅(동천홍) → 닭의 울음소리

　然(그럴 연) → 그러나(한자의 조사)

　亞米利加(아미리가) → America(아메리카)

　可口可樂(가구가락) → Cocacola(코카콜라)

　弗(불) → $(달러, 글자 모양이 유사함)

　伊太利(이태리) → Italy(이탈리아)

　亞細亞(아세아) → Asia(아세아)

★ 한자 쓰기의 기본 원칙

1. 위에서 아래로 쓴다.
   言(말씀 언) → ` 二 二 言 言 言 言
   雲(구름 운) → ` ⼁ ⼾ 币 币 雨 雪 雪 雲 雲 雲

2. 왼쪽에서 오른쪽으로 쓴다.
   江(강 강) → ` 冫 氵 氵 汀 江 江
   例(법식 예) → ⼃ 亻 亻 亻 例 例 例 例

3. 가로획과 세로획이 겹칠 때는 가로획을 먼저 쓴다.
   用(쓸 용) → ⼁ 冂 月 月 用
   共(함께 공) → 一 十 艹 井 共 共

4. 삐침과 파임이 만날 때는 삐침을 먼저 쓴다.
   人(사람 인) → ⼃ 人
   文(글월 문) → ` 亠 亣 文

5. 좌우가 대칭될 때에는 가운데를 먼저 쓴다.
   小(작을 소) → ⼁ 小 小
   承(받들 승) → ⼁ 了 了 圣 耳 承 承 承

6. 둘러 싼 모양으로 된 자는 바깥쪽을 먼저 쓴다.
   同(같을 동) → ⼁ 冂 冂 同 同 同
   病(병날 병) → ` 亠 广 广 疒 疒 疒 病 病 病

7. 글자를 가로지르는 가로획은 나중에 긋는다.
   女(여자 녀) → ⼄ 夂 女
   母(어미 모) → ⼄ 叹 叹 母 母

8. 글자 전체를 꿰뚫는 세로획은 나중에 쓴다.
   車(수레 거) → 一 冂 币 百 旦 車 車
   事(일 사) → 一 冂 冂 旦 馬 馬 馬 事

10

9. 책받침(辶, 廴)은 나중에 쓴다
　近(원근 근) → ﾉ 丆 斤 斤 沂 近 近

　建(세울 건) → フ ﾖ ﾖ ﾖ 聿 聿 建 建

10. 오른쪽 위에 점이 있는 글자는 그 점을 나중에 찍는다.
　犬(개 견) → 一 ナ 大 犬

　成(이룰 성) → ﾉ 厂 厂 戊 成 成 成

■ 한자의 기본 점(點)과 획(劃)
　(1) 점
　　① 「丿」: 왼점　　　　　　② 「丶」: 오른점
　　③ 「丷」: 오른 치킴　　　　④ 「丿」: 오른점 삐침
　(2) 직선
　　⑤ 「一」: 가로긋기　　　　⑥ 「丨」: 내리긋기
　　⑦ 「一」: 평갈고리　　　　⑧ 「亅」: 왼 갈고리
　　⑨ 「乚」: 오른 갈고리
　(3) 곡선
　　⑩ 「丿」: 삐침　　　　　　⑪ 「丿」: 치킴
　　⑫ 「丶」: 파임　　　　　　⑬ 「辶」: 받침
　　⑭ 「亅」: 굽은 갈고리　　　⑮ 「乀」: 지게다리
　　⑯ 「乀」: 누운 지게다리　　⑰ 「乚」: 새가슴

天高日月明
천 고 일 월 명
地厚草木生
지 후 초 목 생

하늘이 높으니 해와 달이 밝고
땅이 두터우니 풀과 나무가 자라네.

| 天 | | 地 | |
|---|---|---|---|
| 하늘 천 | 一二干天 | 땅 지 | 一十士圤圤地 |
| 高 | | 厚 | |
| 높을 고 | 丶亠亠亠高高高 | 두터울 후 | 一厂厂厂厚厚厚厚 |
| 日 | | 草 | |
| 날 일 | 丨冂日日 | 풀 초 | 丷艹艹芇芇苩草草 |
| 月 | | 木 | |
| 달 월 | 丿刀月月 | 나무 목 | 一十才木 |
| 明 | | 生 | |
| 밝을 명 | 冂日日日明明明 | 날 생 | 丿仁仁牛生 |

月出天開眼
월 출 천 개 안
山高地擧頭
산 고 지 거 두

달이 나오니 하늘은 눈을 뜬 것 같고
산이 높으니 땅은 머리를 든 것 같네.

| 月 | | | | |
|---|---|---|---|---|
| 달 월 | ﾉ 刀 月 月 | | | |

| 出 | | | | |
|---|---|---|---|---|
| 날 출 | ㄱ 屮 屮 出 出 | | | |

| 天 | | | | |
|---|---|---|---|---|
| 하늘 천 | 一 二 于 天 | | | |

| 開 | | | | |
|---|---|---|---|---|
| 열 개 | ㄱ �尸 門 門 門 開 開 | | | |

| 眼 | | | | |
|---|---|---|---|---|
| 눈 안 | ㅣ 目 目 肥 眼 眼 眼 | | | |

| 山 | | | | |
|---|---|---|---|---|
| 메 산 | ㅣ 山 山 | | | |

| 高 | | | | |
|---|---|---|---|---|
| 높을 고 | 丶 亠 古 古 高 高 高 | | | |

| 地 | | | | |
|---|---|---|---|---|
| 땅 지 | 一 十 土 圵 地 地 | | | |

| 擧 | | | | |
|---|---|---|---|---|
| 들 거 | 丶 丷 臼 問 與 與 擧 | | | |

| 頭 | | | | |
|---|---|---|---|---|
| 머리 두 | 丶 亠 豆 豆 頭 頭 頭 | | | |

東西幾萬里
동 서 기 만 리

南北不能尺
남 북 불 능 척

동서는 몇 만 리인가?
남북은 자로 잴 수 없네.

| 東 | | | |
|---|---|---|---|
| 동녘 동 | 一 厂 厂 曱 百 車 東 | | |

| 西 | | | |
|---|---|---|---|
| 서녘 서 | 一 冂 冂 丙 西 西 | | |

| 幾 | | | |
|---|---|---|---|
| 몇 기 | 幺 幺 幺幺 丝 丝丝 幾 幾 | | |

| 萬 | | | |
|---|---|---|---|
| 일만 만 | 十 艹 苩 莒 萬 萬 萬 | | |

| 里 | | | |
|---|---|---|---|
| 마을 리 | 丨 口 日 旦 甲 里 | | |

| 南 | | | |
|---|---|---|---|
| 남녘 남 | 十 十 冇 冇 南 南 南 | | |

| 北 | | | |
|---|---|---|---|
| 북녘 북 | 一 十 才 北 | | |

| 不 | | | |
|---|---|---|---|
| 아닐 불 | 一 フ オ 不 | | |

| 能 | | | |
|---|---|---|---|
| 능할 능 | 厶 厶 育 肖 肖 能 能 能 | | |

| 尺 | | | |
|---|---|---|---|
| 자 척 | フ コ 尸 尺 | | |

天傾西北邊
천 경 서 북 변

地卑東南界
지 비 동 남 계

하늘은 서북쪽으로 기울어져 있고
땅은 동남쪽으로 경계가 낮네.

| 天 | |
|---|---|
| 하늘 천 | 一 二 チ 天 |

| 傾 | |
|---|---|
| 기울 경 | 亻 亻 俨 俨 倾 倾 傾 |

| 西 | |
|---|---|
| 서녘 서 | 一 一 冂 丙 西 西 |

| 北 | |
|---|---|
| 북녘 북 | 一 十 丬 北 北 |

| 邊 | |
|---|---|
| 가 변 | 亻 冂 自 卑 鼻 鼻 臱 邊 邊 |

| 地 | |
|---|---|
| 땅 지 | 一 十 土 圵 圳 地 地 |

| 卑 | |
|---|---|
| 낮을 비 | 亻 冂 白 白 白 皁 卑 |

| 東 | |
|---|---|
| 동녘 동 | 一 亻 冂 肎 自 車 東 |

| 南 | |
|---|---|
| 남녘 남 | 十 十 冇 冇 南 南 南 |

| 界 | |
|---|---|
| 지경 계 | 冂 田 田 町 甼 界 界 |

春來梨花白
춘 래 이 화 백

夏至樹葉靑
하 지 수 엽 청

봄이 오니 배꽃은 하얗게 피고
여름이 오니 나뭇잎이 푸르네.

| 春 | | | | | |
|---|---|---|---|---|---|
| 봄춘 | 一 二 三 未 春 春 | | | | |

| 來 | | | | | |
|---|---|---|---|---|---|
| 올래 | 一 二 ナ ぅ 丸 來 來 | | | | |

| 梨 | | | | | |
|---|---|---|---|---|---|
| 배나무 이 | 一 二 千 禾 利 利 利 梨 | | | | |

| 花 | | | | | |
|---|---|---|---|---|---|
| 꽃화 | 一 十 十 ナ オ 花 花 | | | | |

| 白 | | | | | |
|---|---|---|---|---|---|
| 흰백 | 丿 亻 自 白 白 | | | | |

| 夏 | | | | | |
|---|---|---|---|---|---|
| 여름 하 | 一 丆 丌 百 戸 頁 夏 | | | | |

| 至 | | | | | |
|---|---|---|---|---|---|
| 이를 지 | 一 ㄥ ㄥ 조 至 至 | | | | |

| 樹 | | | | | |
|---|---|---|---|---|---|
| 나무 수 | 木 桂 桔 桔 桂 樹 樹 | | | | |

| 葉 | | | | | |
|---|---|---|---|---|---|
| 잎엽 | 艹 芊 芊 葉 葉 葉 葉 | | | | |

| 靑 | | | | | |
|---|---|---|---|---|---|
| 푸를 청 | 二 丰 丰 青 青 青 靑 | | | | |

秋凉黄菊發
추 량 황 국 발

冬寒白雪來
동 한 백 설 래

가을이 서늘하니 황국이 만발하고
겨울이 차가우니 흰 눈이 내리네.

| 秋 | | 冬 | |
|---|---|---|---|
| 가을 추 | ノ 二 千 禾 禾 秒 秋 秋 | 겨울 동 | ノ ク 夂 冬 冬 |
| 凉 | | 寒 | |
| 서늘할 량 | ノ 广 广 沪 沪 涼 涼 涼 | 찰 한 | ノ 宀 宀 宙 寒 寒 寒 |
| 黃 | | 白 | |
| 누를 황 | 一 卝 卝 昔 昔 黃 黃 | 흰 백 | ノ イ 白 白 白 |
| 菊 | | 雪 | |
| 국화 국 | 一 艹 芍 芍 菊 菊 菊 | 눈 설 | 广 爫 雫 雫 雫 雪 雪 |
| 發 | | 來 | |
| 필 발 | ノ ブ 癶 癶 쬸 發 發 | 올 래 | 厂 厂 厉 厏 來 來 來 |

# 日月千年鏡
일 월 천 년 경

# 江山萬古屏
강 산 만 고 병

해와 달은 천년의 거울이요
강과 산은 만고의 병풍이로다.

| 日 | | | | | |
|---|---|---|---|---|---|
| **날 일** | I 刀 円 日 | | | | |
| 月 | | | | | |
| **달 월** | 丿 刀 月 月 | | | | |
| 千 | | | | | |
| **일천 천** | 丿 二 千 | | | | |
| 年 | | | | | |
| **해 년(연)** | 丿 冖 ㇄ ㇒ 二 年 | | | | |
| 鏡 | | | | | |
| **거울 경** | 丿 午 金 鈩 鈩 鐀 鏡 | | | | |

| 江 | | | | | |
|---|---|---|---|---|---|
| **강 강** | 丶 冫 氵 汀 江 江 | | | | |
| 山 | | | | | |
| **메 산** | I 屮 山 | | | | |
| 萬 | | | | | |
| **일만 만** | 丶 艹 芇 萬 萬 萬 | | | | |
| 古 | | | | | |
| **옛 고** | 一 十 古 古 古 | | | | |
| 屏 | | | | | |
| **병풍 병** | 乛 尸 尸 屏 屏 屏 屏 | | | | |

東西日月門
동 서 일 월 문

南北鴻雁路
남 북 홍 안 로

동쪽과 서쪽은 해와 달의 문이요
남쪽과 북쪽은 기러기 떼의 길이로다.

| 東 | | | | | |
|---|---|---|---|---|---|
| 동녘 동 | 一 厂 币 币 亩 車 東 | | | | |
| 西 | | | | | |
| 서녘 서 | 一 厂 币 两 西 西 | | | | |
| 日 | | | | | |
| 날 일 | 丨 冂 冃 日 | | | | |
| 月 | | | | | |
| 달 월 | 丿 刀 月 月 | | | | |
| 門 | | | | | |
| 문 문 | 丨 冂 冃 冃 門 門 門 門 | | | | |

| 南 | | | | | |
|---|---|---|---|---|---|
| 남녘 남 | 十 广 内 内 南 南 南 | | | | |
| 北 | | | | | |
| 북녘 북 | 一 ナ 才 北 北 | | | | |
| 鴻 | | | | | |
| 기러기 홍 | 丶 氵 疒 疒 鴻 鴻 鴻 | | | | |
| 雁 | | | | | |
| 기러기 안 | 一 厂 厈 严 严 雁 雁 | | | | |
| 路 | | | | | |
| 길 로 | 口 显 呈 趵 政 路 路 | | | | |

19

春水滿四澤
춘 수 만 사 택

夏雲多奇峯
하 운 다 기 봉

봄물은 사방의 연못에 가득하고
여름 구름은 기이한 봉우리에 많네.

| 春 | | | | | | | |
|---|---|---|---|---|---|---|---|
| 봄춘 | 一 = 三 夫 春 春 | | | | | | |
| 水 | | | | | | | |
| 물수 | 亅 刁 水 水 | | | | | | |
| 滿 | | | | | | | |
| 찰만 | 氵 汀 汁 汁 浩 满 滿 滿 滿 滿 | | | | | | |
| 四 | | | | | | | |
| 넉사 | 丨 冂 冂 四 四 | | | | | | |
| 澤 | | | | | | | |
| 못택 | 氵 沪 沪 浑 澤 澤 澤 | | | | | | |

| 夏 | | | | | | | |
|---|---|---|---|---|---|---|---|
| 여름하 | 一 丆 襾 百 頁 夏 夏 | | | | | | |
| 雲 | | | | | | | |
| 구름운 | 宀 帀 雨 雫 雩 雲 雲 | | | | | | |
| 多 | | | | | | | |
| 많을 다 | 丿 夕 夕 多 多 | | | | | | |
| 奇 | | | | | | | |
| 기특할 기 | 一 ナ 大 ナ 卉 夺 夺 奇 | | | | | | |
| 峯 | | | | | | | |
| 봉우리 봉 | 丿 屮 山 屮 夆 峯 峯 | | | | | | |

秋月揚明輝
추 월 양 명 휘

冬嶺秀孤松
동 령 수 고 송

가을 달은 밝은 빛을 휘날리고
겨울 산엔 외로운 소나무가 빼어나네.

| 秋 | | 冬 | |
|---|---|---|---|
| 가을 추 | 一 二 千 禾 禾 禾 利 秋 秋 | 겨울 동 | 一 ク 久 久 冬 |
| 月 | | 嶺 | |
| 달 월 | 丿 刀 月 月 | 고개 령(영) | 山 山 山 岑 岑 岑 嶺 嶺 嶺 |
| 揚 | | 秀 | |
| 날릴 양 | 扌 扌 扩 押 押 押 揚 | 빼어날 수 | 一 二 千 禾 禾 禾 秀 |
| 明 | | 孤 | |
| 밝을 명 | 刀 月 日 明 明 明 明 | 외로울 고 | 了 了 子 子 孤 孤 孤 |
| 輝 | | 松 | |
| 빛날 휘 | 丷 以 光 光 炉 煇 輝 | 소나무 송 | 十 才 才 木 木 松 松 松 |

21

# 日月籠中鳥
일 월 롱 중 조

# 乾坤水上萍
건 곤 수 상 평

해와 달은 새장 속의 새요
하늘과 땅은 물위의 부평초라네.

| 日 | | |
|---|---|---|
| 날 일 | ㅣ ㄇ 日 日 | |

| 月 | | |
|---|---|---|
| 달 월 | ㅣ ㄇ 月 月 | |

| 籠 | | |
|---|---|---|
| 새장 롱 | 竹 笁 笁 笁 箐 籠 籠 | |

| 中 | | |
|---|---|---|
| 가운데 중 | ㅣ ㄇ ㅁ 中 | |

| 鳥 | | |
|---|---|---|
| 새 조 | ㅓ ㅏ ㅏ ㅏ 白 鳥 鳥 | |

| 乾 | | |
|---|---|---|
| 하늘 건 | ㅡ ㅏ ㅎ ㅎ 휵 乾 乾 | |

| 坤 | | |
|---|---|---|
| 땅 곤 | ㅓ ㅑ ㅓ 圹 圹 坩 坤 | |

| 水 | | |
|---|---|---|
| 물 수 | ㅣ ㅓ ㅓ 水 | |

| 上 | | |
|---|---|---|
| 윗 상 | ㅣ ㅏ 上 | |

| 萍 | | |
|---|---|---|
| 부평초 평 | ㅣ ㅓ ㅓ 茫 萍 萍 萍 | |

白雲山上蓋
백 운 산 상 개

明月水中珠
명 월 수 중 주

흰 구름은 산 위의 양산이요
밝은 달은 물속의 구슬이라네.

| 白 | | | | |
|---|---|---|---|---|
| 흰백 | ´ ` ⺁ 白 白 | | | |
| 雲 | | | | |
| 구름운 | ⺀ ⻗ 雨 雲 雲 雲 雲 | | | |
| 山 | | | | |
| 메산 | ㅣ ㄴ 山 | | | |
| 上 | | | | |
| 윗상 | ㅣ ㅏ 上 | | | |
| 蓋 | | | | |
| 덮을 개 | ⺍ ⺌ 芏 芏 茾 葊 蓋 | | | |

| 明 | | | | |
|---|---|---|---|---|
| 밝을 명 | ㄇ ㄖ ㄖ 明 明 明 明 | | | |
| 月 | | | | |
| 달월 | ㅣ ㄇ 月 月 | | | |
| 水 | | | | |
| 물수 | ㅣ ㅓ 가 水 | | | |
| 中 | | | | |
| 가운데 중 | ㅣ ㄇ ㅁ 中 | | | |
| 珠 | | | | |
| 구슬 주 | ㄧ ㄧ ㅑ 王 玗 珇 珠 珠 珠 | | | |

月爲宇宙燭
월 위 우 주 촉

風作山河鼓
풍 작 산 하 고

달은 우주의 촛불이 되고
바람은 산과 강의 북이 되네.

| 月 | | | | | |
|---|---|---|---|---|---|
| 달 월 | 丿 几 月 月 | | | | |

| 爲 | | | | | |
|---|---|---|---|---|---|
| 될 위 | 丶 丶 宀 穴 穴 穴 爲 爲 爲 | | | | |

| 宇 | | | | | |
|---|---|---|---|---|---|
| 집 우 | 丶 宀 宀 宁 字 宇 | | | | |

| 宙 | | | | | |
|---|---|---|---|---|---|
| 집 주 | 丶 宀 宀 宁 宁 审 宙 宙 | | | | |

| 燭 | | | | | |
|---|---|---|---|---|---|
| 촛불 촉 | 火 灯 灯 煜 煜 燭 燭 | | | | |

| 風 | | | | | |
|---|---|---|---|---|---|
| 바람 풍 | 丿 几 凡 凡 凨 風 風 風 | | | | |

| 作 | | | | | |
|---|---|---|---|---|---|
| 지을 작 | 丿 亻 亻 仁 仵 作 作 | | | | |

| 山 | | | | | |
|---|---|---|---|---|---|
| 메 산 | 丨 山 山 | | | | |

| 河 | | | | | |
|---|---|---|---|---|---|
| 강 하 | 丶 氵 氵 沪 沪 河 河 | | | | |

| 鼓 | | | | | |
|---|---|---|---|---|---|
| 북 고 | 一 十 吉 直 壴 鼓 鼓 | | | | |

# 月爲無柄扇

월 위 무 병 선

# 星作絶纓珠

성 작 절 영 주

달은 자루 없는 부채가 되고

별은 끈 끊어져 흩어진 구슬이 되네.

| | |
|---|---|
| 月 | |
| 달 월 | 丿 冂 月 月 |
| 爲 | |
| 될 위 | ˊ ⺤ 爫 㸒 爲 爲 爲 爲 |
| 無 | |
| 없을 무 | 𠂉 𠂒 無 無 無 無 |
| 柄 | |
| 자루 병 | 十 木 柄 柄 柄 |
| 扇 | |
| 부채 선 | ˋ 亠 户 户 扇 扇 扇 |

| | |
|---|---|
| 星 | |
| 별 성 | 口 日 尸 旦 旦 星 星 |
| 作 | |
| 지을 작 | 丿 亻 亻 作 作 作 作 |
| 絶 | |
| 끊을 절 | 乚 幺 糸 絶 絶 絶 絶 |
| 纓 | |
| 갓끈 영 | 幺 糹 糸 糸 纓 纓 纓 纓 纓 纓 纓 |
| 珠 | |
| 구슬 주 | 一 二 干 王 珠 珠 珠 珠 珠 珠 |

雲作千層峰
운 작 천 층 봉
虹爲百尺橋
홍 위 백 척 교

구름은 천층의 봉우리가 되고
무지개는 백척의 다리가 되네.

| 雲 | 雲 | | | | |
|---|---|---|---|---|---|
| 구름 운 | 一一丌丽雨雪雲雲 | | | | |
| 作 | 作 | | | | |
| 지을 작 | ノイイ作竹作作 | | | | |
| 天 | 天 | | | | |
| 하늘 천 | 一二チ天 | | | | |
| 層 | 層 | | | | |
| 층 층 | 尸尸层层屛層層 | | | | |
| 峰 | 峰 | | | | |
| 봉우리 봉 | ｜ 丨 山 山 收峰峰 | | | | |

| 虹 | 虹 | | | | |
|---|---|---|---|---|---|
| 무지개 홍 | 口虫虫虫虹虹 | | | | |
| 爲 | 爲 | | | | |
| 할 위 | 一爫爫戶爲爲爲爲 | | | | |
| 百 | 百 | | | | |
| 일백 백 | 一アア百百百 | | | | |
| 尺 | 尺 | | | | |
| 자 척 | 一コ尸尺 | | | | |
| 橋 | 橋 | | | | |
| 다리 교 | 一十木栌桥橋橋 | | | | |

秋葉霜前落
추 엽 상 전 락

春花雨後紅
춘 화 우 후 홍

가을 잎은 서리 전에 떨어지고
봄꽃은 비 내린 뒤에 붉어진다네.

| 秋 | | | | |
|---|---|---|---|---|
| 가을 추 | 一二千禾禾利秋秋 | | | |
| 葉 | | | | |
| 잎 엽 | 艹芉茅苹葉葉葉 | | | |
| 霜 | | | | |
| 서리 상 | 厂干宇零雫霜霜 | | | |
| 前 | | | | |
| 앞 전 | 丷丷计计前前前 | | | |
| 落 | | | | |
| 떨어질 락(낙) | 艹艹艻莎茨落落 | | | |

| 春 | | | | |
|---|---|---|---|---|
| 봄 춘 | 一二三夫春春 | | | |
| 花 | | | | |
| 꽃 화 | 一艹艹芤花花 | | | |
| 雨 | | | | |
| 비 우 | 一一冂雨雨雨雨 | | | |
| 後 | | | | |
| 뒤 후 | 彳彳彳丝丝後後後 | | | |
| 紅 | | | | |
| 붉을 홍 | 幺幺幺糸糸紅紅 | | | |

春作四時首
춘 작 사 시 수

人爲萬物靈
인 위 만 물 령

봄은 사계절의 처음이 되고
사람은 만물의 영장이 되네.

| 春 | | | | |
|---|---|---|---|---|
| 봄춘 | 一 二 三 夫 春 春 | | | |
| 作 | | | | |
| 지을 작 | 丿 亻 亻 亻 作 作 作 | | | |
| 四 | | | | |
| 넉 사 | 丨 冂 冂 四 四 | | | |
| 時 | | | | |
| 때 시 | 刂 日 日 旪 旪 旹 時 時 | | | |
| 首 | | | | |
| 머리 수 | 丷 丷 芏 产 首 首 首 | | | |

| 人 | | | | |
|---|---|---|---|---|
| 사람 인 | 丿 人 | | | |
| 爲 | | | | |
| 할 위 | 丶 爫 广 户 户 爲 爲 爲 | | | |
| 萬 | | | | |
| 일만 만 | 一 艹 苩 莒 萬 萬 萬 | | | |
| 物 | | | | |
| 물건 물 | 丷 牜 牛 牛 物 物 物 | | | |
| 靈 | | | | |
| 신령 령 | 广 币 雺 雨 霝 霝 靈 | | | |

28

水火木金土
수 화 목 금 토
仁義禮智信
인 의 예 지 신

수화목금토는 오행(五行)이고
인의예지신은 오상(五常)이라네.

| 水 | | |
|---|---|---|
| 물 수 | 亅刁水水 | |

| 火 | | |
|---|---|---|
| 불 화 | 、、少火 | |

| 木 | | |
|---|---|---|
| 나무 목 | 一十才木 | |

| 金 | | |
|---|---|---|
| 쇠 금 | 丿人仒仐仐余余金 | |

| 土 | | |
|---|---|---|
| 흙 토 | 一十土 | |

| 仁 | | |
|---|---|---|
| 어질 인 | 丿亻仁仁 | |

| 義 | | |
|---|---|---|
| 옳을 의 | 丷半羊羊義義 | |

| 禮 | | |
|---|---|---|
| 예도 예(례) | 一二亍礻礽礼神神神神禮禮禮 | |

| 智 | | |
|---|---|---|
| 지혜 지 | 一二失知知智智 | |

| 信 | | |
|---|---|---|
| 믿을 신 | 丿亻亻信信信信 | |

天地人三才
천 지 인 삼 재

君師父一體
군 사 부 일 체

하늘 땅 사람은 삼재요
임금과 스승과 부모는 한 몸과 같네.

| 天 | | | | | |
|---|---|---|---|---|---|
| **하늘 천** 一 二 チ 天 | | | | | |

| 地 | | | | | |
|---|---|---|---|---|---|
| **땅 지** 一 十 土 圵 圸 地 | | | | | |

| 人 | | | | | |
|---|---|---|---|---|---|
| **사람 인** 丿 人 | | | | | |

| 三 | | | | | |
|---|---|---|---|---|---|
| **석 삼** 一 二 三 | | | | | |

| 才 | | | | | |
|---|---|---|---|---|---|
| **재주 재** 一 十 才 | | | | | |

| 君 | | | | | |
|---|---|---|---|---|---|
| **임금 군** 기 끄 크 尹 尹 君 君 | | | | | |

| 師 | | | | | |
|---|---|---|---|---|---|
| **스승 사** 丿 亻 亻 亼 亀 師 師 | | | | | |

| 父 | | | | | |
|---|---|---|---|---|---|
| **아버지 부** 丶 丷 グ 父 | | | | | |

| 一 | | | | | |
|---|---|---|---|---|---|
| **한 일** 一 | | | | | |

| 體 | | | | | |
|---|---|---|---|---|---|
| **몸 체** 丨 冂 円 冎 骨 骨 骨 骨 體 體 體 體 體 | | | | | |

# 天地爲父母
천 지 위 부 모

# 日月似兄弟
일 월 사 형 제

하늘과 땅은 부모가 되고
해와 달은 마치 형제와 같다네.

| 天 | | | | | |
|---|---|---|---|---|---|
| 하늘 천 | ﹣ 二 チ 天 | | | | |

| 地 | | | | | |
|---|---|---|---|---|---|
| 땅 지 | ﹣ 十 ㅤ扌 圵 地 地 | | | | |

| 爲 | | | | | |
|---|---|---|---|---|---|
| 할 위 | ﹨ ﹍ 厃 厃 戸 戸 爲 爲 爲 | | | | |

| 父 | | | | | |
|---|---|---|---|---|---|
| 아버지 부 | ﹨ ﹀ 父 父 | | | | |

| 母 | | | | | |
|---|---|---|---|---|---|
| 어머니 모 | ㄴ ㄐ ㄐ 趺 母 | | | | |

| 日 | | | | | |
|---|---|---|---|---|---|
| 날 일 | ㅣ 冂 日 日 | | | | |

| 月 | | | | | |
|---|---|---|---|---|---|
| 달 월 | ㇓ 刀 月 月 | | | | |

| 似 | | | | | |
|---|---|---|---|---|---|
| 닮을 사 | ㇓ 亻 亻 亿 似 似 似 | | | | |

| 兄 | | | | | |
|---|---|---|---|---|---|
| 형 형 | ﹨ 冂 口 尸 兄 | | | | |

| 弟 | | | | | |
|---|---|---|---|---|---|
| 아우 제 | ﹅ ﹅ ㅛ 肖 肖 弟 弟 | | | | |

夫婦二姓合
부 부 이 성 합
兄弟一氣連
형 제 일 기 연

부부는 두 성이 합한 것이요
형제는 하나의 기운으로 이어졌다네.

| 夫 | | 兄 | |
|---|---|---|---|
| 남편 부 | ー 二 尹 夫 | 형 형 | ノ 口 口 尸 兄 |
| 婦 | | 弟 | |
| 아내 부 | 乚 乚 女 妒 妒 妒 妒 婦 婦 婦 | 아우 제 | 丶 丶 丷 쓰 当 弟 弟 |
| 二 | | 一 | |
| 두 이 | ー 二 | 한 일 | 一 |
| 姓 | | 氣 | |
| 성씨 성 | 乚 夂 女 奼 奾 姓 姓 | 기운 기 | 丿 仁 气 气 氕 氛 氣 |
| 合 | | 連 | |
| 합할 합 | ノ 人 스 슥 合 合 | 잇닿을 연 | ー 广 百 亘 車 連 連 |

父慈子當孝
부 자 자 당 효

兄友弟亦恭
형 우 제 역 공

부모는 사랑하고 자식은 마땅히 효도해야 하며
형은 우애하고 아우 또한 공손해야 한다네.

| 父 | | | | | | |
|---|---|---|---|---|---|---|
| 아버지 **부** | ´ ⺅ ⺈ 父 | | | | | |

| 慈 | | | | | | |
|---|---|---|---|---|---|---|
| 사랑 **자** | ´´ ⺍ 产 茲 兹 慈 慈 | | | | | |

| 子 | | | | | | |
|---|---|---|---|---|---|---|
| 아들 **자** | ⺈ 了 子 | | | | | |

| 當 | | | | | | |
|---|---|---|---|---|---|---|
| 마땅 **당** | ⺍ 业 严 当 当 常 當 | | | | | |

| 孝 | | | | | | |
|---|---|---|---|---|---|---|
| 효도 **효** | 一 十 土 耂 耂 孝 孝 | | | | | |

| 兄 | | | | | | |
|---|---|---|---|---|---|---|
| 형 **형** | ⼁ 口 口 尸 兄 | | | | | |

| 友 | | | | | | |
|---|---|---|---|---|---|---|
| 벗 **우** | 一 ナ 方 友 | | | | | |

| 弟 | | | | | | |
|---|---|---|---|---|---|---|
| 아우 **제** | ´ ´´ ⺍ 与 弟 弟 弟 | | | | | |

| 亦 | | | | | | |
|---|---|---|---|---|---|---|
| 또 **역** | ⼀ 一 广 方 亦 亦 | | | | | |

| 恭 | | | | | | |
|---|---|---|---|---|---|---|
| 공손할 **공** | 一 廿 艹 共 恭 恭 恭 | | | | | |

父母千年壽
부 모 천 년 수

子孫萬世榮
자 손 만 세 영

부모는 천년의 장수를 누리시기 기원하고
자손은 만대의 영화를 누리기 바라네.

| 父 | | | | | | | |
|---|---|---|---|---|---|---|---|
| 아버지 부 | ⺀⺁⺕父 | | | | | | |
| 母 | | | | | | | |
| 어머니 모 | ⼄⺕⺕⺕母 | | | | | | |
| 千 | | | | | | | |
| 일천 천 | ⺀⼆千 | | | | | | |
| 年 | | | | | | | |
| 해 년 | ⼃⼃⺅⺅⺅年 | | | | | | |
| 壽 | | | | | | | |
| 목숨 수 | ⼀⼗⼟⼟壴壴壽壽 | | | | | | |

| 子 | | | | | | | |
|---|---|---|---|---|---|---|---|
| 아들 자 | ⼁了子 | | | | | | |
| 孫 | | | | | | | |
| 손자 손 | ⼁了子孑孑孫孫孫 | | | | | | |
| 萬 | | | | | | | |
| 일만 만 | ⺾⺾苩莴萬萬萬 | | | | | | |
| 世 | | | | | | | |
| 인간 세 | ⼀⼗⼁世世 | | | | | | |
| 榮 | | | | | | | |
| 영화 영 | ⺀⺋⺌⺍⺍⺍榮 | | | | | | |

愛君希道泰
애 군 희 도 태

憂國願年豊
우 국 원 년 풍

임금을 사랑하여 도가 태평할 것을 바라고
나라를 걱정하여 해마다 풍년 들길 원하네.

| 한자 | 훈음 | 필순 |
| --- | --- | --- |
| 愛 | 사랑 애 | 𠂊 爫 爫 𢖻 𢖻 㤅 愛 |
| 君 | 임금 군 | 𠃌 ⺕ ⺕ 尹 尹 君 君 |
| 希 | 바랄 희 | 丿 㐅 𠂇 产 产 肴 希 |
| 道 | 길 도 | 丷 䒑 䒑 首 首 道 道 |
| 泰 | 클 태 | 一 三 夫 夫 泰 泰 泰 |
| 憂 | 근심 우 | 一 丆 百 百 頁 頁 惪 惪 憂 憂 憂 |
| 國 | 나라 국 | 冂 冋 冋 国 國 國 國 |
| 願 | 원할 원 | 厂 戶 原 原 原 願 願 |
| 年 | 해 년 | 丿 𠂉 𠂉 𠂉 𠂉 年 |
| 豊 | 풍년 풍 | 丨 口 曰 曲 曲 豊 豊 |

妻賢夫禍少
처 현 부 화 소

子孝父心寬
자 효 부 심 관

아내가 어질면 남편의 화가 적고
자식이 효도하면 부모의 마음이 너그럽네.

| 妻 | 妻 |
|---|---|
| 아내 처 | ㄱ ㄹ ㅋ 聿 事 妻 妻 |
| 賢 | 賢 |
| 어질 현 | ㄹ 臣 臣 取 取 督 賢 賢 |
| 夫 | 夫 |
| 지아비 부 | 一 二 夫 夫 |
| 禍 | 禍 |
| 재앙 화 | 二 千 禾 利 袖 禍 禍 |
| 少 | 少 |
| 적을 소 | 小 小 小 少 |

| 子 | 子 |
|---|---|
| 아들 자 | ㄱ 了 子 |
| 孝 | 孝 |
| 효도 효 | 一 十 土 耂 老 考 孝 |
| 父 | 父 |
| 아버지 부 | ノ ハ グ 父 |
| 心 | 心 |
| 마음 심 | ノ 心 心 心 |
| 寬 | 寬 |
| 너그러울 관 | 丶 宀 宀 宀 宵 宵 寬 |

36

子孝雙親樂
자 효 쌍 친 락

家和萬事成
가 화 만 사 성

자식이 효도하면 어버이가 즐겁고
집안이 화목하면 모든 일이 이루어진다네.

| 子 | | | | |
|---|---|---|---|---|
| **아들 자** `ㄱ 了 子` | | | | |
| 孝 | | | | |
| **효도 효** `一 十 土 耂 考 孝` | | | | |
| 雙 | | | | |
| **두 쌍** `亻 亻 亻 隹 隹 雙 雙` | | | | |
| 親 | | | | |
| **친할 친** `` | | | | |
| 樂 | | | | |
| **즐길 락** `自 自 绅 绅 樂 樂` | | | | |

| 家 | | | | |
|---|---|---|---|---|
| **집 가** `丶 宀 宀 宁 家 家` | | | | |
| 和 | | | | |
| **화할 화** `一 二 千 禾 禾 和 和` | | | | |
| 萬 | | | | |
| **일만 만** `一 艹 苩 萬 萬 萬` | | | | |
| 事 | | | | |
| **일 사** `一 亓 亓 亘 写 事` | | | | |
| 成 | | | | |
| **이룰 성** `丿 厂 厉 成 成 成` | | | | |

思家清宵立
사 가 청 소 립
憶弟白日眠
억 제 백 일 면

집이 그리워 맑은 밤에 서성이다가
아우 생각에 대낮에도 졸고 있네.

| 思 | | | | | |
|---|---|---|---|---|---|
| 생각 사 | 口 口 田 田 思 思 | | | | |
| 家 | | | | | |
| 집 가 | 丶 宀 宀 宀 宁 宇 家 家 | | | | |
| 清 | | | | | |
| 맑을 청 | 丶 氵 氵 沣 洼 清 清 | | | | |
| 宵 | | | | | |
| 밤 소 | 丶 宀 宀 宵 宵 | | | | |
| 立 | | | | | |
| 설 립 | 丶 二 立 立 立 | | | | |

| 憶 | | | | | |
|---|---|---|---|---|---|
| 생각할 억 | 丶 忄 忄 忙 憶 憶 憶 | | | | |
| 弟 | | | | | |
| 아우 제 | 丶 丷 丷 兰 弟 弟 弟 | | | | |
| 白 | | | | | |
| 흰 백 | 丿 亻 白 白 白 | | | | |
| 日 | | | | | |
| 날 일 | l 冂 日 日 | | | | |
| 眠 | | | | | |
| 잘 면 | 冂 冂 目 目 眇 眠 眠 眠 | | | | |

家貧思賢妻
가 빈 사 현 처

國亂思良相
국 난 사 량 상

집안이 가난하면 어진 아내를 생각하고
나라가 어지러우면 어진 재상을 생각하네.

| 家 | | | | |
|---|---|---|---|---|
| 집 가 | `丶宀宀宀宁家家` | | | |
| 貧 | | | | |
| 가난할 빈 | `丿八分分貧貧貧` | | | |
| 思 | | | | |
| 생각 사 | `冂田田思思思` | | | |
| 賢 | | | | |
| 어질 현 | `丂臣臤臤腎腎賢` | | | |
| 妻 | | | | |
| 아내 처 | `乛彐彐妻妻妻妻` | | | |

| 國 | | | | |
|---|---|---|---|---|
| 나라 국 | `冂冋冋冝國國國` | | | |
| 難 | | | | |
| 어려울 난 | `一廾芇苦茣堇難難難` | | | |
| 思 | | | | |
| 생각 사 | `冂田田思思思` | | | |
| 良 | | | | |
| 어질 량 | `丶彐彐彐良良良` | | | |
| 相 | | | | |
| 서로 상 | `十才朼相相相相` | | | |

39

綠竹君子節
녹 죽 군 자 절
青松丈夫心
청 송 장 부 심

푸른 대나무는 군자의 절개요
푸른 소나무는 장부의 마음이라네.

| 綠 | 綠 |
|---|---|
| **푸를 녹(록)** | 纟 纟 纩 紵 絎 綒 綠 |
| 竹 | 竹 |
| **대 죽** | ノ 丿 仁 仁 竹 竹 |
| 君 | 君 |
| **임금 군** | ㄱ ㄱ ㅋ 尹 尹 君 君 |
| 子 | 子 |
| **아들 자** | 了 了 子 |
| 節 | 節 |
| **마디 절** | ㅥ 笁 笁 笚 笚 節 節 |

| 青 | 青 |
|---|---|
| **푸를 청** | 二 ㄐ 主 丰 青 青 青 |
| 松 | 松 |
| **소나무 송** | 十 才 木 木 松 松 松 |
| 丈 | 丈 |
| **어른 장** | 一 ナ 丈 |
| 夫 | 夫 |
| **지아비 부** | 一 二 夫 夫 |
| 心 | 心 |
| **마음 심** | 丶 心 心 心 |

人心朝夕變
인 심 조 석 변

山色古今同
산 색 고 금 동

사람의 마음은 아침저녁으로 변하지만
산색은 예나 지금이나 마찬가지라네.

| | |
|---|---|
| 人 사람 인 | ノ人 |
| 心 마음 심 | ノ心心心 |
| 朝 아침 조 | 十古古卓直朝朝朝 |
| 夕 저녁 석 | ノクタ |
| 變 변할 변 | 言 言 綜 綜 綜 綜 變 |

| | |
|---|---|
| 山 메 산 | 丨山山 |
| 色 빛 색 | ノクタ各多色 |
| 古 옛 고 | 一十十古古 |
| 今 이제 금 | ノ人스今 |
| 同 한가지 동 | 丨冂冂同同 |

41

# 江山萬古主
강 산 만 고 주

# 人物百年賓
인 물 백 년 빈

강산은 만고의 주인이지만
사람은 백년의 손님이라네.

| 江 | | | | |
|---|---|---|---|---|
| 강 강 | `丶丶氵汀江江` | | | |
| 山 | | | | |
| 메 산 | `丨山山` | | | |
| 萬 | | | | |
| 일만 만 | `艹艹苩萬萬萬萬` | | | |
| 古 | | | | |
| 옛 고 | `一十十古古` | | | |
| 主 | | | | |
| 주인 주 | `丶二亠主主` | | | |

| 人 | | | | |
|---|---|---|---|---|
| 사람 인 | `丿人` | | | |
| 物 | | | | |
| 물건 물 | `一牛牛牜牧物物` | | | |
| 百 | | | | |
| 일백 백 | `一丆丆百百百` | | | |
| 年 | | | | |
| 해 년 | `丿丨丿亠仨年` | | | |
| 賓 | | | | |
| 손 빈 | `宀宀宀宁宕宕賓` | | | |

42

世事琴三尺
세 사 금 삼 척
生涯酒一盃
생 애 주 일 배

세상일은 석 자 거문고에 실어 보내고
생애는 한 잔 술로 달래네.

| 世 | | | | | |
|---|---|---|---|---|---|
| 인간 세 | 一 十 卅 世 世 | | | | |
| 事 | | | | | |
| 일 사 | 一 一 一 日 写 写 事 事 | | | | |
| 琴 | | | | | |
| 거문고 금 | 一 二 王 珏 珏 琴 琴 | | | | |
| 三 | | | | | |
| 석 삼 | 一 二 三 | | | | |
| 尺 | | | | | |
| 자 척 | 一 コ 尸 尺 | | | | |

| 生 | | | | | |
|---|---|---|---|---|---|
| 날 생 | ノ 一 ヒ 牛 生 | | | | |
| 涯 | | | | | |
| 물가 애 | 氵 汇 沪 沪 涯 涯 涯 涯 | | | | |
| 酒 | | | | | |
| 술 주 | 丶 氵 汀 沂 洒 酒 酒 | | | | |
| 一 | | | | | |
| 한 일 | 一 | | | | |
| 杯 | | | | | |
| 잔 배 | 十 才 才 才 杅 杯 杯 | | | | |

43

山靜似太古
산 정 사 태 고

日長如少年
일 장 여 소 년

산이 고요하니 태고와 같고
해는 길어서 소년과 같네.

| 山 | | | | | |
|---|---|---|---|---|---|
| 메산 | ㅣ 山 山 | | | | |
| 靜 | | | | | |
| 고요할 정 | 一 ‡ 圭 青 青 青 青 靜 靜 靜 | | | | |
| 似 | | | | | |
| 닮을 사 | ノ イ 亻 仏 似 似 | | | | |
| 太 | | | | | |
| 클 태 | 一 ナ 大 太 | | | | |
| 古 | | | | | |
| 옛 고 | 一 十 古 古 古 | | | | |

| 日 | | | | | |
|---|---|---|---|---|---|
| 날 일 | ㅣ 冂 月 日 | | | | |
| 長 | | | | | |
| 길 장 | ㅣ 厂 厂 巨 巨 長 長 長 | | | | |
| 如 | | | | | |
| 같을 여 | く 女 女 如 如 如 | | | | |
| 少 | | | | | |
| 적을 소 | ノ 小 小 少 | | | | |
| 年 | | | | | |
| 해 년 | ノ 仁 仁 乍 乍 年 | | | | |

靜裏乾坤大
정 리 건 곤 대
閒中日月長
한 중 일 월 장

고요함 속에 하늘과 땅의 큼을 알고
한가로운 가운데 세월의 긺을 느끼네.

| 靜 | | | | | | | | | | | | | |
|---|---|---|---|---|---|---|---|---|---|---|---|---|---|
| 고요할 정 | ⺌ � 主 青 青 青 靑 靑 靜 靜 靜 | | | | | | | | | | | | |
| 裏 | | | | | | | | | | | | | |
| 속 리 | �亠 亠 言 重 裏 裏 裏 | | | | | | | | | | | | |
| 乾 | | | | | | | | | | | | | |
| 하늘 건 | 一 十 ㄊ 肖 車 車 乾 乾 | | | | | | | | | | | | |
| 坤 | | | | | | | | | | | | | |
| 땅 곤 | 十 土 圠 圠 坤 坤 坤 | | | | | | | | | | | | |
| 大 | | | | | | | | | | | | | |
| 클 대 | 一 ナ 大 | | | | | | | | | | | | |

| 閒 | | | | | | | | | | | | | |
|---|---|---|---|---|---|---|---|---|---|---|---|---|---|
| 한가할 한 | 丨 𠃌 𠂆 𠂆 𠂉 門 門 門 門 閒 閒 閒 | | | | | | | | | | | | |
| 中 | | | | | | | | | | | | | |
| 가운데 중 | 丨 冂 口 中 | | | | | | | | | | | | |
| 日 | | | | | | | | | | | | | |
| 날 일 | 丨 冂 月 日 | | | | | | | | | | | | |
| 月 | | | | | | | | | | | | | |
| 달 월 | 丿 冂 月 月 | | | | | | | | | | | | |
| 長 | | | | | | | | | | | | | |
| 길 장 | 丨 厂 厂 厒 镸 長 長 長 | | | | | | | | | | | | |

耕田埋春色
경 전 매 춘 색
汲水斗月光
급 수 두 월 광

밭을 가니 봄빛이 묻히고
물을 길으니 달빛을 함께 떠오네.

| 耕 | | | |
|---|---|---|---|
| 밭갈 경 | 一 二 丰 耒 耒- 耒丰 耕 | | |
| 田 | | | |
| 밭 전 | 丨 冂 冂 用 田 | | |
| 埋 | | | |
| 묻을 매 | 土 土 圹 坦 埋 埋 埋 | | |
| 春 | | | |
| 봄 춘 | 一 二 三 夫 表 春 春 | | |
| 色 | | | |
| 빛 색 | 丿 夕 夕 各 名 色 | | |

| 汲 | | | |
|---|---|---|---|
| 길을 급 | 氵 氵 汐 汲 汲 | | |
| 水 | | | |
| 물 수 | 丿 刁 才 水 | | |
| 斗 | | | |
| 말 두 | 丶 丶 二 斗 | | |
| 月 | | | |
| 달 월 | 丿 刀 月 月 | | |
| 光 | | | |
| 빛 광 | 丨 丨 丬 屮 半 光 光 | | |

西亭江上月
서 정 강 상 월
東閣雪中梅
동 각 설 중 매

서쪽 정자에는 강 위로 달이 뜨고
동쪽 누각에는 눈 속에 매화가 피었구나.

| 西 | 一 一 一 一 西 西 西 |
|---|---|
| 서녘 서 | |

| 亭 | 一 一 一 一 一 一 亭 |
|---|---|
| 정자 정 | |

| 江 | 一 一 一 一 江 江 |
|---|---|
| 강 강 | |

| 上 | 一 一 上 |
|---|---|
| 윗 상 | |

| 月 | 一 月 月 月 |
|---|---|
| 달 월 | |

| 東 | 一 一 一 一 一 東 東 |
|---|---|
| 동녘 동 | |

| 閣 | 一 一 門 門 閣 閣 閣 |
|---|---|
| 집 각 | |

| 雪 | 一 一 雪 雪 雪 雪 雪 |
|---|---|
| 눈 설 | |

| 中 | 一 一 口 中 |
|---|---|
| 가운데 중 | |

| 梅 | 一 一 一 一 村 梅 梅 |
|---|---|
| 매화 매 | |

47

飮酒人顔赤
음 주 인 안 적
食草馬口靑
식 초 마 구 청

술을 마시니 사람 얼굴이 붉어지고
풀을 뜯으니 말의 입이 푸르네.

| 飮 | | |
|---|---|---|
| 마실 음 | ノ ク 今 今 倉 針 飮 | |
| 酒 | | |
| 술 주 | 丶 冫 汀 沂 洒 酒 酒 | |
| 人 | | |
| 사람 인 | ノ 人 | |
| 顔 | | |
| 낯 안 | 立 产 彦 彥 筋 顏 顔 | |
| 赤 | | |
| 붉을 적 | 一 十 土 亍 赤 赤 赤 | |

| 食 | | |
|---|---|---|
| 먹을 식 | ノ 人 人 今 今 今 仺 食 食 | |
| 草 | | |
| 풀 초 | 十 艹 芍 芍 苩 茸 草 | |
| 馬 | | |
| 말 마 | ㅣ 厂 馬 馬 | |
| 口 | | |
| 입 구 | ㅣ 冂 口 | |
| 靑 | | |
| 푸를 청 | 二 丰 圭 靑 靑 靑 靑 | |

48

# 白酒紅人面
## 백 주 홍 인 면
# 黃金黑吏心
## 황 금 흑 리 심

탁주는 사람의 얼굴을 붉게 만들고
황금은 벼슬아치의 마음을 검게 만드네.

| | |
|---|---|
| 白 흰백 | ´ ⺊ 白 白 白 |
| 酒 술주 | ` 冫 汀 沪 洒 酒 酒 |
| 紅 붉을홍 | ´ ⺰ 幺 牟 糸 紅 紅 紅 |
| 人 사람인 | ノ 人 |
| 面 낮면 | ⺀ 丙 而 面 面 |

| | |
|---|---|
| 黃 누를황 | 一 廿 艹 苦 苦 苗 黃 |
| 金 쇠금 | ノ 人 人 今 全 全 金 金 |
| 黑 검을흑 | ` ⼝ 冂 四 罒 甲 里 黑 黑 |
| 吏 벼슬아치리 | 一 丆 亓 吏 吏 吏 |
| 心 마음심 | ` 心 心 心 |

老人扶杖去
노 인 부 장 거
小兒騎竹來
소 아 기 죽 래

노인은 지팡이를 짚으며 가고
어린아이는 죽마를 타고 오네.

| 老 | | | | | |
|---|---|---|---|---|---|
| 늙을 노(로) | 一 十 土 尹 耂 老 | | | | |
| 人 | | | | | |
| 사람 인 | ノ 人 | | | | |
| 扶 | | | | | |
| 도울 부 | 一 亅 扌 扌 扶 扶 | | | | |
| 杖 | | | | | |
| 지팡이 장 | 一 十 才 木 杖 杖 | | | | |
| 去 | | | | | |
| 갈 거 | 一 十 土 去 去 | | | | |

| 小 | | | | | |
|---|---|---|---|---|---|
| 작을 소 | 亅 小 小 | | | | |
| 兒 | | | | | |
| 아이 아 | ′ 亻 亻 臼 臼 兒 | | | | |
| 騎 | | | | | |
| 말탈 기 | 丨 丨 馬 馬 馬 馿 騎 騎 | | | | |
| 竹 | | | | | |
| 대 죽 | ノ 丿 ケ 竹 竹 竹 | | | | |
| 來 | | | | | |
| 올 래 | 丆 丆 內 來 來 來 來 | | | | |

50

男奴負薪去
남 노 부 신 거

女婢汲水來
여 비 급 수 래

사내종은 나무 섶을 지고 가고
여자종은 물을 길어 오네.

| 男 | | | | |
|---|---|---|---|---|
| 사내 남 | ⺮ 冂 日 田 田 男 男 | | | |

| 奴 | | | | |
|---|---|---|---|---|
| 종 노 | ㄑ 夕 女 奴 奴 | | | |

| 負 | | | | |
|---|---|---|---|---|
| 질 부 | ⺈ 宀 个 冇 负 負 負 | | | |

| 薪 | | | | |
|---|---|---|---|---|
| 섶 신 | 一 十 ++ 岕 莘 莘 莘 莘 薪 薪 薪 | | | |

| 去 | | | | |
|---|---|---|---|---|
| 갈 거 | 一 十 土 去 去 | | | |

| 女 | | | | |
|---|---|---|---|---|
| 여자 여(녀) | ㄑ 夕 女 | | | |

| 婢 | | | | |
|---|---|---|---|---|
| 여자종 비 | ㄑ 夕 女 如 妈 婶 婶 婢 | | | |

| 汲 | | | | |
|---|---|---|---|---|
| 길을 급 | 氵 汋 汃 汲 汲 | | | |

| 水 | | | | |
|---|---|---|---|---|
| 물 수 | ⺆ 기 水 水 | | | |

| 來 | | | | |
|---|---|---|---|---|
| 올 래 | 一 厂 厂 厒 龶 来 來 來 | | | |

洗硯魚吞墨
세 연 어 탄 묵
煮茶鶴避煙
자 다 학 피 연

벼루를 씻으니 물고기가 먹물을 삼키고
차를 끓이니 학이 연기를 피해 날아가는 듯하네.

| 洗 | | | |
|---|---|---|---|
| 씻을 세 | `丶 氵 汀 沙 洗 洗 洗` | | |
| 硯 | | | |
| 벼루 연 | `丆 石 矵 硯 硯 硯 硯` | | |
| 魚 | | | |
| 물고기 어 | `勹 夕 夅 龟 魚 魚 魚` | | |
| 吞 | | | |
| 삼킬 탄 | `一 二 チ 天 乔 吞 吞` | | |
| 墨 | | | |
| 먹 묵 | `冖 冃 甲 里 黑 黑 墨` | | |

| 煮 | | | |
|---|---|---|---|
| 끓일 자 | `一 土 少 耂 者 者 煮` | | |
| 茶 | | | |
| 차 다 | `一 艹 艹 犬 苶 苶 茶` | | |
| 鶴 | | | |
| 학 학 | `一 疒 宇 宙 䧹 鹤 鶴 鶴` | | |
| 避 | | | |
| 피할 피 | `尸 吕 咠 㾐 辟 辞 避 避` | | |
| 煙 | | | |
| 연기 연 | `丶 火 灯 炻 烟 烟 煙` | | |

松作迎客蓋
송 작 영 객 개

月爲讀書燈
월 위 독 서 등

소나무는 손님을 맞는 일산이 되고
달은 글을 읽는 등불이 되네.

| 松 | | | | | |
|---|---|---|---|---|---|
| 소나무 송 | 十 才 木 朴 松 松 松 | | | | |

| 作 | | | | | |
|---|---|---|---|---|---|
| 지을 작 | 丿 亻 亻 亻 亻 作 作 | | | | |

| 迎 | | | | | |
|---|---|---|---|---|---|
| 맞을 영 | 丶 亻 𠂎 卬 迎 迎 | | | | |

| 客 | | | | | |
|---|---|---|---|---|---|
| 손 객 | 宀 宀 灾 灾 宠 客 客 | | | | |

| 蓋 | | | | | |
|---|---|---|---|---|---|
| 덮을 개 | 丷 艹 芣 荚 荚 荩 蓋 | | | | |

| 月 | | | | | |
|---|---|---|---|---|---|
| 달 월 | 丿 刀 月 月 | | | | |

| 爲 | | | | | |
|---|---|---|---|---|---|
| 할 위 | 丶 爫 𠂢 产 产 爲 爲 爲 | | | | |

| 讀 | | | | | |
|---|---|---|---|---|---|
| 읽을 독 | 亠 言 訁 訂 訁 詰 讀 讀 讀 讀 讀 | | | | |

| 書 | | | | | |
|---|---|---|---|---|---|
| 글 서 | 彐 彐 聿 聿 書 書 書 | | | | |

| 燈 | | | | | |
|---|---|---|---|---|---|
| 등 등 | 丶 丬 灯 煷 煷 燈 燈 | | | | |

# 花落憐不掃
화 락 련 불 소
# 月明愛無眠
월 명 애 무 면

꽃이 떨어져도 사랑스러워 쓸어내지 못하고
달이 밝으니 사랑스러워 잠 못 이루네.

| 花 | | | | | | |
|---|---|---|---|---|---|---|
| 꽃 화 | + ㅗ ㅛ ㅛ 花 花 花 | | | | | |

| 落 | | | | | | |
|---|---|---|---|---|---|---|
| 떨어질 락(낙) | + ㅛ ㅛ 莎 茨 落 落 | | | | | |

| 憐 | | | | | | |
|---|---|---|---|---|---|---|
| 불쌍히 여길 련 | ' ㅏ ㅏ ㅏ 怜 恔 憐 憐 | | | | | |

| 不 | | | | | | |
|---|---|---|---|---|---|---|
| 아닐 불 | 一 ㄱ 丆 不 | | | | | |

| 掃 | | | | | | |
|---|---|---|---|---|---|---|
| 쓸 소 | ㅓ ㅓ ㅓ 扫 扫 扫 掃 | | | | | |

| 月 | | | | | | |
|---|---|---|---|---|---|---|
| 달 월 | ㅣ ㄇ 月 月 | | | | | |

| 明 | | | | | | |
|---|---|---|---|---|---|---|
| 밝을 명 | ㅁ ㅂ 日 旷 明 明 明 | | | | | |

| 愛 | | | | | | |
|---|---|---|---|---|---|---|
| 사랑 애 | ' ㅗ ㅛ 忠 悉 堂 愛 | | | | | |

| 無 | | | | | | |
|---|---|---|---|---|---|---|
| 없을 무 | ㅗ 느 血 血 無 無 | | | | | |

| 眠 | | | | | | |
|---|---|---|---|---|---|---|
| 잘 면 | ㅣ ㄇ 日 旷 眤 眠 眠 | | | | | |

月作雲間鏡
월 작 운 간 경
風爲竹裡琴
풍 위 죽 리 금

달은 구름 사이의 거울이 되고
바람은 대나무 속의 거문고가 되네.

| 月 | | | | | | |
|---|---|---|---|---|---|---|
| 달 월 | ノ 刀 月 月 | | | | | |
| 作 | | | | | | |
| 지을 작 | ノ イ 亻 仆 竹 作 作 | | | | | |
| 雲 | | | | | | |
| 구름 운 | 宀 币 币 雫 雫 雲 雲 | | | | | |
| 間 | | | | | | |
| 사이 간 | 丨 冂 門 門 門 間 間 | | | | | |
| 鏡 | | | | | | |
| 거울 경 | ケ 钅 金 釒 鈩 鍆 鏡 | | | | | |

| 風 | | | | | | |
|---|---|---|---|---|---|---|
| 바람 풍 | ノ 几 凡 凨 風 風 風 | | | | | |
| 爲 | | | | | | |
| 할 위 | 丶 ⺍ 戸 戸 爲 爲 爲 爲 | | | | | |
| 竹 | | | | | | |
| 대 죽 | ノ 厶 仁 仁 竹 竹 | | | | | |
| 裡 | | | | | | |
| 속 리 | 衤 衤 初 袒 裡 裡 | | | | | |
| 琴 | | | | | | |
| 거문고 금 | 二 Ŧ 王 玨 珏 琴 琴 | | | | | |

掬水月在手
국 수 월 재 수
弄花香滿衣
농 화 향 만 의

물을 움켜쥐니 달이 손 안에 있고
꽃을 가지고 노니 향기가 옷에 가득하네.

| 掬 | 掬 | | | | |
|---|---|---|---|---|---|
| 움킬 국 | 一 亅 扌 扚 扚 掬 掬 | | | | |

| 水 | 水 | | | | |
|---|---|---|---|---|---|
| 물 수 | 丿 ナ 水 水 | | | | |

| 月 | 月 | | | | |
|---|---|---|---|---|---|
| 달 월 | 丿 刀 月 月 | | | | |

| 在 | 在 | | | | |
|---|---|---|---|---|---|
| 있을 재 | 一 ナ 才 右 存 在 | | | | |

| 手 | 手 | | | | |
|---|---|---|---|---|---|
| 손 수 | 一 二 三 手 | | | | |

| 弄 | 弄 | | | | |
|---|---|---|---|---|---|
| 희롱할 농(롱) | 一 二 干 王 丟 弄 弄 | | | | |

| 花 | 花 | | | | |
|---|---|---|---|---|---|
| 꽃 화 | 一 十 艹 艹 茳 花 花 | | | | |

| 香 | 香 | | | | |
|---|---|---|---|---|---|
| 향기 향 | 一 二 千 禾 香 香 香 | | | | |

| 滿 | 滿 | | | | |
|---|---|---|---|---|---|
| 찰 만 | 氵 氵 氵 沣 洪 満 満 満 満 | | | | |

| 衣 | 衣 | | | | |
|---|---|---|---|---|---|
| 옷 의 | 丶 一 ナ 衣 衣 衣 | | | | |

五夜燈前晝
오 야 등 전 주

六月*亭下秋
유 월 정 하 추

깊은 밤도 등불 앞은 대낮이고
유월에도 정자 밑은 가을이네.

*인접한 두 소리를 연이어 발음하기 어려울 때 어떤 소리를 더하거나 빼기도 하고, 때로는 다른 소리로 바꿔서 말하기 쉽게 하는 것을 '활음조' 현상이라고 한다. 활음조 현상의 예로는 유월(육월), 시월(십월), 오뉴월(오륙월, 오유월), 초파일(초팔일) 소나무(솔나무) 바느질(바늘질) 등이 있다.

| 五 | |
|---|---|
| 다섯 오 | 一 ㄱ 五 五 |

| 夜 | |
|---|---|
| 밤 야 | 亠 广 疒 疒 夜 夜 夜 |

| 燈 | |
|---|---|
| 등 등 | 丶 丷 丬 灺 燈 燈 燈 |

| 前 | |
|---|---|
| 앞 전 | 丶 丷 屵 前 前 前 前 |

| 晝 | |
|---|---|
| 낮 주 | ㄱ ㄱ ㄹ ㄹ 畫 畫 畫 晝 |

| 六 | |
|---|---|
| 여섯 육 | 丶 一 六 六 |

| 月 | |
|---|---|
| 달 월 | 丿 月 月 月 |

| 亭 | |
|---|---|
| 정자 정 | 亠 亠 ㅎ 古 亯 亭 亭 亭 |

| 下 | |
|---|---|
| 아래 하 | 一 丁 下 |

| 秋 | |
|---|---|
| 가을 추 | 丿 二 千 禾 禾 秒 秋 秋 |

57

歲去人頭白
세 거 인 두 백

秋來樹葉黃
추 래 수 엽 황

세월이 가니 사람의 머리는 희어지고
가을이 오니 나뭇잎은 누렇게 되네.

| 歲 | | 秋 | |
|---|---|---|---|
| 해 세 | ⌐ 屮 屵 屵 岁 岁 歲 歲 | 가을 추 | ⌐ 二 千 禾 和 秒 秋 |
| 去 | | 來 | |
| 갈 거 | 一 十 土 去 去 | 올 래 | 厂 厂 厂 厂 巾 來 來 來 |
| 人 | | 樹 | |
| 사람 인 | 丿 人 | 나무 수 | 木 栌 栖 椔 椔 樹 樹 |
| 頭 | | 葉 | |
| 머리 두 | ⌐ 白 豆 豆 頭 頭 頭 | 잎 엽 | 艹 芓 芓 苷 苹 華 葉 |
| 白 | | 黃 | |
| 흰 백 | 丿 丿 白 白 白 | 누를 황 | 一 艹 芊 苦 苦 苖 黃 |

雨後山如沐
우 후 산 여 목

風前草似醉
풍 전 초 사 취

비 온 뒤의 산은 목욕을 한 것 같고
바람 앞의 풀은 술 취한 것 같네.

| 雨 | | | | | |
|---|---|---|---|---|---|
| 비우 | 一 一 一 一 一 雨 雨 雨 | | | | |

| 後 | | | | | |
|---|---|---|---|---|---|
| 뒤후 | ノ 彳 彳 彳 彳 後 後 後 | | | | |

| 山 | | | | | |
|---|---|---|---|---|---|
| 메산 | 丨 凵 山 | | | | |

| 如 | | | | | |
|---|---|---|---|---|---|
| 같을여 | 乀 乂 乆 如 如 如 | | | | |

| 沐 | | | | | |
|---|---|---|---|---|---|
| 머리 감을 목 | 丶 丶 氵 氵 汁 沐 沐 | | | | |

| 風 | | | | | |
|---|---|---|---|---|---|
| 바람풍 | 丿 几 凡 凨 風 風 風 | | | | |

| 前 | | | | | |
|---|---|---|---|---|---|
| 앞전 | 丶 丷 丷 肀 肀 前 前 | | | | |

| 草 | | | | | |
|---|---|---|---|---|---|
| 풀초 | 一 艹 艹 芒 芦 草 草 | | | | |

| 似 | | | | | |
|---|---|---|---|---|---|
| 닮을사 | ノ 亻 亻 亻 亻 似 似 | | | | |

| 醉 | | | | | |
|---|---|---|---|---|---|
| 취할취 | 一 冂 丙 酉 酉 醉 醉 | | | | |

人分千里外
인 분 천 리 외

興在一杯中
흥 재 일 배 중

사람은 천리 밖에 떨어져 있고
흥은 한 잔 술 속에 있네.

| 人 | | | | | | |
|---|---|---|---|---|---|---|
| 사람 인 | ノ人 | | | | | |
| 分 | | | | | | |
| 나눌 분 | ノ 八 今 分 | | | | | |
| 千 | | | | | | |
| 일천 천 | ノ 二 千 | | | | | |
| 里 | | | | | | |
| 마을 리 | 丶 口 口 日 旦 里 里 | | | | | |
| 外 | | | | | | |
| 바깥 외 | ノ ク タ 夕 外 | | | | | |

| 興 | | | | | | |
|---|---|---|---|---|---|---|
| 일 흥 | ↑ ↑ 卵 卵 卵 卵 卵 興 | | | | | |
| 在 | | | | | | |
| 있을 재 | 一 ナ 才 才 在 在 | | | | | |
| 一 | | | | | | |
| 한 일 | 一 | | | | | |
| 杯 | | | | | | |
| 잔 배 | 十 才 才 木 杯 杯 杯 | | | | | |
| 中 | | | | | | |
| 가운데 중 | 丨 口 口 中 | | | | | |

春意無分別
춘 의 무 분 별

人情有淺深
인 정 유 천 심

봄뜻은 분별이 없지만
인정은 깊고 얕음이 있네.

| 春 | | | | | |
|---|---|---|---|---|---|
| 봄 춘 | 一 二 三 夫 春 春 | | | | |
| 意 | | | | | |
| 뜻 의 | 丶 亠 立 音 音 意 意 | | | | |
| 無 | | | | | |
| 없을 무 | 亻 仁 無 無 無 無 | | | | |
| 分 | | | | | |
| 나눌 분 | 丿 八 分 分 | | | | |
| 別 | | | | | |
| 나눌 별 | 丶 口 口 另 另 別 別 | | | | |

| 人 | | | | | |
|---|---|---|---|---|---|
| 사람 인 | 丿 人 | | | | |
| 情 | | | | | |
| 뜻 정 | 丶 忄 忄 忭 忭 情 情 | | | | |
| 有 | | | | | |
| 있을 유 | 丿 ナ 才 有 有 有 | | | | |
| 淺 | | | | | |
| 얕을 천 | 氵 汽 浐 浐 浅 淺 淺 | | | | |
| 深 | | | | | |
| 깊을 심 | 氵 汀 汙 浔 浬 深 深 | | | | |

61

風驅群飛雁
풍 구 군 비 안
月送獨去舟
월 송 독 거 주

바람은 때 지어 나는 기러기를 몰고
달은 홀로 가는 배를 전송하네.

| 風 | | | | |
|---|---|---|---|---|
| 바람 풍 | ノ 几 凡 凨 凨 風 風 | | | |

| 驅 | | | | |
|---|---|---|---|---|
| 몰 구 | l F F 馬 馬 馬 馴 驅 驅 | | | |

| 群 | | | | |
|---|---|---|---|---|
| 무리 군 | ᄀ ᄀ ᄀ 尹 君 君 群 群 | | | |

| 飛 | | | | |
|---|---|---|---|---|
| 날 비 | 乀 飞 飞 飛 飛 飛 飛 | | | |

| 雁 | | | | |
|---|---|---|---|---|
| 기러기 안 | 一 厂 厂 ᄄ 厈 厍 雁 雁 雁 | | | |

| 月 | | | | |
|---|---|---|---|---|
| 달 월 | ノ 刀 月 月 | | | |

| 送 | | | | |
|---|---|---|---|---|
| 보낼 송 | 八 ᄼ ᄽ 关 关 诶 送 | | | |

| 獨 | | | | |
|---|---|---|---|---|
| 홀로 독 | ノ ᄀ 犭 犳 狎 獨 獨 | | | |

| 去 | | | | |
|---|---|---|---|---|
| 갈 거 | 一 十 土 去 去 | | | |

| 舟 | | | | |
|---|---|---|---|---|
| 배 주 | ′ ノ ノ 力 舟 舟 | | | |

細雨池中看
세 우 지 중 간
微風木末知
미 풍 목 말 지

가랑비는 연못 가운데서 볼 수가 있고
산들바람은 나뭇가지 끝에서 알 수 있네.

| 細 | | | |
|---|---|---|---|
| 가늘 세 | ⺰ 幺 糸 紅 細 細 細 | | |
| 雨 | | | |
| 비 우 | 一 ㇒ 币 币 币 雨 雨 | | |
| 池 | | | |
| 못 지 | ⺀ ⺀ 氵 汁 汕 池 | | |
| 中 | | | |
| 가운데 중 | 丨 冂 口 中 | | |
| 看 | | | |
| 볼 간 | 三 手 禾 看 看 看 看 | | |

| 微 | | | |
|---|---|---|---|
| 작을 미 | 彳 彳 伴 伴 쓴 微 微 | | |
| 風 | | | |
| 바람 풍 | 丿 几 尺 凤 風 風 風 | | |
| 木 | | | |
| 나무 목 | 一 十 才 木 | | |
| 末 | | | |
| 끝 말 | 一 二 丰 末 末 | | |
| 知 | | | |
| 알 지 | ⺀ ⺀ 午 矢 知 知 知 | | |

63

花笑聲未聽
화 소 성 미 청

鳥啼淚難看
조 제 루 난 간

꽃은 웃어도 소리는 들리지 않고
새는 울어도 눈물은 보기 어렵네.

| 花 | 花 | | | |
|---|---|---|---|---|
| 꽃 화 | `一 十 艹 艹 芢 芢 花` | | | |
| 笑 | 笑 | | | |
| 웃음 소 | `ノ ゲ 竺 竺 竺 笑 笑` | | | |
| 聲 | 聲 | | | |
| 소리 성 | `士 吉 声 声 殸 殸 聲` | | | |
| 未 | 未 | | | |
| 아닐 미 | `一 二 丰 未 未` | | | |
| 聽 | 聽 | | | |
| 들을 청 | `一 т т т т т т т т т 聽 聽 聽` | | | |

| 鳥 | 鳥 | | | |
|---|---|---|---|---|
| 새 조 | `厂 丆 户 户 自 鳥 鳥` | | | |
| 啼 | 啼 | | | |
| 울 제 | `丨 口 吖 吖 吟 啼 啼` | | | |
| 淚 | 淚 | | | |
| 눈물 루 | `氵 沪 沪 沪 沪 沱 淚` | | | |
| 難 | 難 | | | |
| 어려울 난 | `一 艹 莒 堇 葟 艱 艱 難 難` | | | |
| 看 | 看 | | | |
| 볼 간 | `二 丰 チ 看 看 看 看` | | | |

64

鳥宿池邊樹
조 숙 지 변 수
僧敲月下門
승 고 월 하 문

새는 연못가 나무에서 잠자고
스님은 달빛 아래 문을 두드리네.

| 鳥 | | | | | | |
|---|---|---|---|---|---|---|
| 새 조 | ⺃ ⺈ ⻁ ⺁ 自 鳥 鳥 | | | | | |
| 宿 | | | | | | |
| 잘 숙 | 宀 宀 宀 宀 宿 宿 宿 | | | | | |
| 池 | | | | | | |
| 못 지 | ⺀ ⺀ ⺡ 氵 沲 池 | | | | | |
| 邊 | | | | | | |
| 가 변 | ⺆ ⺆ 自 泉 泉 ⾢ 邊 邊 | | | | | |
| 樹 | | | | | | |
| 나무 수 | 木 杧 柿 桂 柱 樹 樹 | | | | | |

| 僧 | | | | | | |
|---|---|---|---|---|---|---|
| 중 승 | 亻 亻 亻 俨 俨 僧 僧 僧 | | | | | |
| 敲 | | | | | | |
| 두드릴 고 | 亩 亩 高 高 敲 敲 | | | | | |
| 月 | | | | | | |
| 달 월 | ⺉ 刀 月 月 | | | | | |
| 下 | | | | | | |
| 아래 하 | 一 丁 下 | | | | | |
| 門 | | | | | | |
| 문 문 | ⎸ ⻔ ⻔ ⻔ 門 門 門 門 | | | | | |

65

棹穿波底月
도 천 파 저 월
船壓水中天
선 압 수 중 천

노는 파도 아래 달을 뚫고
배는 물속의 하늘을 누르네.

| 棹 | | | | | |
|---|---|---|---|---|---|
| 노도 | 一 木 杧 杧 柆 棹 棹 | | | | |

| 穿 | | | | | |
|---|---|---|---|---|---|
| 뚫을 천 | ﾉ 宀 空 空 空 穿 穿 | | | | |

| 波 | | | | | |
|---|---|---|---|---|---|
| 물결 파 | ﾉ ﾉ ﾝ 沪 沪 波 波 | | | | |

| 底 | | | | | |
|---|---|---|---|---|---|
| 밑 저 | 一 广 广 庐 庐 底 底 | | | | |

| 月 | | | | | |
|---|---|---|---|---|---|
| 달 월 | ﾉ 月 月 月 | | | | |

| 船 | | | | | |
|---|---|---|---|---|---|
| 배 선 | ﾉ 几 月 月 舟 船 船 船 | | | | |

| 壓 | | | | | |
|---|---|---|---|---|---|
| 누를 압 | 厂 厂 厈 厭 厭 厭 壓 壓 | | | | |

| 水 | | | | | |
|---|---|---|---|---|---|
| 물 수 | 亅 刁 水 水 | | | | |

| 中 | | | | | |
|---|---|---|---|---|---|
| 가운데 중 | 丨 冂 口 中 | | | | |

| 天 | | | | | |
|---|---|---|---|---|---|
| 하늘 천 | 一 二 チ 天 | | | | |

# 山影推不出
산 영 퇴 불 출

# 月光掃還生
월 광 소 환 생

산 그림자는 밀어내도 나가지 않고
달빛은 쓸어도 다시 생기네.

| 山 | | | | | |
|---|---|---|---|---|---|
| **메산** | l 山 山 | | | | |

| 影 | | | | | |
|---|---|---|---|---|---|
| **그림자 영** | 昛 昮 昙 景 景 影 影 | | | | |

| 推 | | | | | |
|---|---|---|---|---|---|
| **밀 퇴** | 扌 扌 扩 扩 扩 推 推 | | | | |

| 不 | | | | | |
|---|---|---|---|---|---|
| **아닐 불** | 一 ア 不 不 | | | | |

| 出 | | | | | |
|---|---|---|---|---|---|
| **날 출** | l 屮 屮 出 出 | | | | |

| 月 | | | | | |
|---|---|---|---|---|---|
| **달 월** | ノ 刀 月 月 | | | | |

| 光 | | | | | |
|---|---|---|---|---|---|
| **빛 광** | l 丬 丬 屮 光 光 | | | | |

| 掃 | | | | | |
|---|---|---|---|---|---|
| **쓸 소** | 扌 扌 扩 扫 掃 掃 掃 | | | | |

| 還 | | | | | |
|---|---|---|---|---|---|
| **돌아올 환** | 罒 罒 罖 咢 睘 睘 還 還 | | | | |

| 生 | | | | | |
|---|---|---|---|---|---|
| **날 생** | ノ ヒ 仁 牛 生 | | | | |

水鳥浮還沒
수 조 부 환 몰

山雲斷復連
산 운 단 부 련

물새는 떴다가 다시 잠기고
산 구름은 끊겼다 다시 이어지네.

| 水 | | | | | | |
|---|---|---|---|---|---|---|
| 물 수 | 亅 丁 水 水 | | | | | |
| 鳥 | | | | | | |
| 새 조 | 亻 亇 卢 户 白 鳥 鳥 | | | | | |
| 浮 | | | | | | |
| 뜰 부 | 丶 冫 氵 浮 浮 浮 浮 | | | | | |
| 還 | | | | | | |
| 돌아올 환 | 罒 罒 罒 罘 景 景 還 還 | | | | | |
| 沒 | | | | | | |
| 빠질 몰 | 丶 冫 氵 沪 汐 沒 | | | | | |

| 山 | | | | | | |
|---|---|---|---|---|---|---|
| 메 산 | 丨 山 山 | | | | | |
| 雲 | | | | | | |
| 구름 운 | 宀 帀 雫 雯 雲 雲 雲 | | | | | |
| 斷 | | | | | | |
| 끊을 단 | 幺 丝 丝 鐖 斷 斷 斷 | | | | | |
| 復 | | | | | | |
| 다시 부 | 夂 彳 彳 狎 狎 狎 復 | | | | | |
| 連 | | | | | | |
| 잇닿을 련 | 一 亍 百 旦 車 連 連 | | | | | |

初月將軍弓
초 월 장 군 궁
流星壯士矢
유 성 장 사 시

초승달은 장군의 활이요
유성은 장사의 화살이로다.

| 初 | | | | | | |
|---|---|---|---|---|---|---|
| 처음 초 | `ファネネ初初 | | | | | |
| 月 | | | | | | |
| 달 월 | ノ几月月 | | | | | |
| 將 | | | | | | |
| 장수 장 | l 뉘 뉘 뉘 將將 | | | | | |
| 軍 | | | | | | |
| 군사 군 | 冖宀宣軍 | | | | | |
| 弓 | | | | | | |
| 활 궁 | フユ弓 | | | | | |

| 流 | | | | | | |
|---|---|---|---|---|---|---|
| 흐를 유(류) | 氵汁沪沪流流 | | | | | |
| 星 | | | | | | |
| 별 성 | 口日尸早星星 | | | | | |
| 壯 | | | | | | |
| 장할 장 | l 뉘 뉘 뉘 壯壯 | | | | | |
| 士 | | | | | | |
| 선비 사 | 一十士 | | | | | |
| 矢 | | | | | | |
| 화살 시 | 스矢 | | | | | |

掃地黃金出
소 지 황 금 출
開門萬福來
개 문 만 복 래

땅을 쓰니 황금이 나오고
문을 여니 만복이 오도다.

| 掃 | | 開 | |
|---|---|---|---|
| 쓸 소 | 扌 扌 扩 扪 捽 捽 掃 掃 | 열 개 | 冂 冂 門 門 門 門 開 開 |
| 地 | | 門 | |
| 땅 지 | 一 十 圠 圠 圠 地 地 | 문 문 | 丨 冂 冂 冃 冃 門 門 門 |
| 黃 | | 萬 | |
| 누를 황 | 一 卄 芣 芣 苗 苗 黃 | 일만 만 | 丷 艹 苩 莒 萬 萬 萬 |
| 金 | | 福 | |
| 쇠 금 | 丿 人 合 仐 仐 全 余 金 | 복 복 | 二 亍 礻 礻 礻 福 福 福 福 |
| 出 | | 來 | |
| 날 출 | 丨 屮 屮 出 出 | 올 래 | 厂 厂 厂 厂 來 來 來 |

70

潛魚躍清波
잠 어 약 청 파
好鳥鳴高枝
호 조 명 고 지

잠긴 물고기는 맑은 물결에서 뛰놀고
예쁜 새는 높은 가지에서 울고 있네.

| 潛 | |
|---|---|
| 잠길 **잠** | 氵汀沪沔洏潛潛 |

| 魚 | |
|---|---|
| 물고기 **어** | 个夕各备角魚魚 |

| 躍 | |
|---|---|
| 뛸 **약** | 呈呈踋踊躍躍 |

| 清 | |
|---|---|
| 맑을 **청** | 氵氵汗清清清 |

| 波 | |
|---|---|
| 물결 **파** | 氵氵汀沪波波 |

| 好 | |
|---|---|
| 좋을 **호** | 乀夕女妌好好 |

| 鳥 | |
|---|---|
| 새 **조** | 个户户户户鳥鳥 |

| 鳴 | |
|---|---|
| 울 **명** | 丨口叮叮唣鳴鳴 |

| 高 | |
|---|---|
| 높을 **고** | 亠亠亠亨高高高 |

| 枝 | |
|---|---|
| 가지 **지** | 十才才木木枝枝 |

雨後澗生瑟
우 후 간 생 슬
風前松奏琴
풍 전 송 주 금

비 온 뒤 시냇물은 비파소리를 내고
바람 앞의 소나무는 거문고를 연주하네.

| 雨 | 비 우 | 一 厂 厅 币 雨 雨 雨 |
|---|---|---|
| 後 | 뒤 후 | ﾉ ﾟ ｲ ｲ ﾟ ｲ 丝 ｲ 矣 ｲ 务 後 |
| 澗 | 시내 간 | 氵 氵 氵 沪 沪 涧 澗 澗 澗 |
| 生 | 날 생 | ﾉ ｝ 仁 牛 生 |
| 瑟 | 비파 슬 | 一 丁 千 王 廷 珏 瑟 瑟 瑟 瑟 |

| 風 | 바람 풍 | ﾉ 几 凡 凨 風 風 風 |
|---|---|---|
| 前 | 앞 전 | ﾛ ﾟ 丷 丷 前 前 前 前 |
| 松 | 소나무 송 | 十 才 木 杧 杦 松 松 松 |
| 奏 | 아뢸 주 | 一 二 三 丰 夫 夫 表 奏 奏 |
| 琴 | 거문고 금 | 二 千 王 廷 珏 琇 琴 |

狗走梅花落
구 주 매 화 락
鷄行竹葉成
계 행 죽 엽 성

개가 달려가니 매화꽃이 떨어지고
닭이 걸어가니 대나무 잎이 만들어지네.

| 狗 | | | | | |
|---|---|---|---|---|---|
| 개 구 | ´ ㄱ ㄱ ㄱ ㄱ ㄱ 狗 狗 | | | | |
| 走 | | | | | |
| 달릴 주 | ㄱ 土 キ キ キ 走 走 | | | | |
| 梅 | | | | | |
| 매화 매 | 一 十 木 木 栌 梅 梅 | | | | |
| 花 | | | | | |
| 꽃 화 | 十 艹 芍 芍 花 花 | | | | |
| 落 | | | | | |
| 떨어질 락 | 艹 艹 茓 莎 莈 落 落 | | | | |

| 鷄 | | | | | |
|---|---|---|---|---|---|
| 닭 계 | ´´ ` ´´ ´ 釛 鷄 鷄 鷄 | | | | |
| 行 | | | | | |
| 다닐 행 | ´ ´ 彳 彳 行 行 | | | | |
| 竹 | | | | | |
| 대 죽 | ´ ´ ´ ´´ ´´ 竹 | | | | |
| 葉 | | | | | |
| 잎 엽 | 艹 艹 艹 葶 葉 葉 葉 | | | | |
| 成 | | | | | |
| 이룰 성 | ´ 厂 厂 成 成 成 | | | | |

73

竹筍黃犢角
죽 순 황 독 각
蕨芽小兒拳
궐 아 소 아 권

죽순은 누런 송아지 뿔이요
고사리순은 어린아이 주먹이로다.

| 竹 | |
|---|---|
| 대 죽 | ノ ノ ト ヒ 竹 竹 |
| 筍 | |
| 죽순 순 | ノ ノ ト 竹 竹 竹 笱 筍 |
| 黃 | |
| 누를 황 | 一 艹 芷 苦 苦 苗 黃 |
| 犢 | |
| 송아지 독 | ノ ト オ 牛 牛 牛 犤 犤 犧 犢 犢 |
| 角 | |
| 뿔 각 | ノ ク ア 角 角 角 角 |

| 蕨 | |
|---|---|
| 고사리 궐 | 一 艹 艹 芦 芦 芦 莎 菻 蕨 蕨 |
| 芽 | |
| 싹 아 | 一 十 艹 芒 芒 芽 芽 |
| 小 | |
| 작을 소 | 亅 小 小 |
| 兒 | |
| 아이 아 | ノ イ イ 臼 白 臼 兒 |
| 拳 | |
| 주먹 권 | ` ` 平 半 券 券 拳 拳 |

74

雨磨菖蒲刀
우 마 창 포 도

風梳楊柳髮
풍 소 양 류 발

비는 창포의 칼을 갈고
바람은 버드나무 머리카락을 빗질하네.

| 雨 | | | |
|---|---|---|---|
| 비 우 | 一 ㄱ 雨 雨 雨 雨 雨 | | |
| 磨 | | | |
| 갈 마 | 广 厂 庐 麻 廉 磨 磨 | | |
| 菖 | | | |
| 창포 창 | ⺧ ⺶ ⺿ 芍 苗 菖 | | |
| 蒲 | | | |
| 부들 포 | ⺀ 艹 汸 清 蒲 蒲 | | |
| 刀 | | | |
| 칼 도 | ㄱ 刀 | | |

| 風 | | | |
|---|---|---|---|
| 바람 풍 | 丿 几 凡 風 風 風 風 | | |
| 梳 | | | |
| 얼레빗 소 | 一 木 栌 栌 栌 梳 | | |
| 楊 | | | |
| 버들 양 | 十 木 杞 杞 楊 楊 楊 | | |
| 柳 | | | |
| 버들 류 | 十 木 栌 栌 柳 柳 柳 | | |
| 髮 | | | |
| 터럭 발 | 丨 丏 县 髟 髟 髮 髮 | | |

鳧耕蒼海去
부 경 창 해 거
鷺割靑山來
노 할 청 산 래

오리는 푸른 바다를 갈며 떠나가고
백로는 푸른 산을 가르며 오네.

| 鳧 | | | | |
|---|---|---|---|---|
| 오리 부 | ′ ⺈ 白 鸟 鳥 鳧 鳧 | | | |
| 耕 | | | | |
| 밭갈 경 | ′ ⺈ 耒 耒 耒 耕 耕 | | | |
| 蒼 | | | | |
| 푸를 창 | ′′ ⺌ 犬 苁 苍 苍 蒼 蒼 | | | |
| 海 | | | | |
| 바다 해 | ′ ⺀ 氵 汢 洉 海 海 海 | | | |
| 去 | | | | |
| 갈 거 | 一 十 土 去 去 | | | |

| 鷺 | | | | |
|---|---|---|---|---|
| 백로 노(로) | ″ ⻌ 趵 路 路 敗 鷺 鷺 | | | |
| 割 | | | | |
| 벨 할 | ′ ⺌ 宀 宔 害 害 割 | | | |
| 靑 | | | | |
| 푸를 청 | 二 丰 主 丰 靑 靑 靑 | | | |
| 山 | | | | |
| 메 산 | 丨 山 山 | | | |
| 來 | | | | |
| 올 래 | ′ ⼕ ⼕ ㄸ 夾 來 來 | | | |

花紅黃蜂鬧
화 홍 황 봉 료

草錄白馬嘶
초 록 백 마 시

꽃이 붉으니 누런 벌들이 시끄럽고
풀이 푸르니 백마가 울고 있네.

| 花 | | 草 | |
|---|---|---|---|
| 꽃 화 | 一 ㄧ ㄗ ㅈ 花 花 花 | 풀 초 | 一 ㅗ 艹 艹 艹 草 草 草 |
| 紅 | | 綠 | |
| 붉을 홍 | 幺 幺 糸 糸 糸 紅 紅 | 푸를 록 | 幺 糸 紆 紆 紆 綠 綠 |
| 黃 | | 白 | |
| 누를 황 | 一 艹 艹 苗 苗 黃 黃 | 흰 백 | ′ ′ 白 白 白 |
| 蜂 | | 馬 | |
| 벌 봉 | 口 中 虫 蚁 蛑 蜂 蜂 | 말 마 | 丨 Ḟ 馬 馬 |
| 鬧 | | 嘶 | |
| 시끄러울 료 | 丨 Ḟ 严 严 鬥 鬥 鬧 鬧 | 울 시 | 口 ㅁ 吩 唎 哳 哳 嘶 嘶 |

77

山雨夜鳴竹
산 우 야 명 죽
草蟲秋入牀
초 충 추 입 상

산비는 밤에 대나무를 울리고
풀벌레는 가을에 침상으로 들어오네.

| 山 | | |
|---|---|---|
| 메산 | l 山 山 | |

| 雨 | | |
|---|---|---|
| 비우 | 一 厂 厂 雨 雨 雨 雨 雨 | |

| 夜 | | |
|---|---|---|
| 밤야 | 一 亠 广 产 产 夜 夜 夜 | |

| 鳴 | | |
|---|---|---|
| 울명 | l 口 叮 叮 鸣 鸣 鳴 | |

| 竹 | | |
|---|---|---|
| 대죽 | l l l l 竹 竹 | |

| 草 | | |
|---|---|---|
| 풀초 | 一 艹 芍 苔 苩 苩 草 | |

| 蟲 | | |
|---|---|---|
| 벌레충 | l 口 中 虫 虫 蟲 蟲 蟲 | |

| 秋 | | |
|---|---|---|
| 가을추 | 一 二 千 禾 禾 利 秋 秋 | |

| 入 | | |
|---|---|---|
| 들입 | 丿 入 | |

| 牀 | | |
|---|---|---|
| 평상상 | l 丬 爿 爿 牁 牀 牀 | |

遠水連天碧
원 수 연 천 벽

霜楓向日紅
상 풍 향 일 홍

먼 곳의 물은 하늘과 이어져 푸르고
서리 맞은 단풍은 해를 향해 붉구나.

| 遠 멀 원 | 十 土 吉 声 袁 渍 遠 |
| 水 물 수 | 丁 기 水 水 |
| 連 잇닿을 연 | 一 「 百 亘 車 連 連 |
| 天 하늘 천 | 一 二 チ 天 |
| 碧 푸를 벽 | 二 王 珀 珀 碧 碧 碧 |

| 霜 서리 상 | 厂 币 雨 雫 霏 霜 霜 |
| 楓 단풍 풍 | 十 木 机 枫 枫 楓 楓 |
| 向 향할 향 | ノ イ 冂 冋 向 向 |
| 日 날 일 | 丨 冂 日 日 |
| 紅 붉을 홍 | 纟 幺 夆 糸 糸 紅 紅 |

# 山吐孤輪月
산 토 고 륜 월

# 江含萬里風
강 함 만 리 풍

산은 외로운 둥근 달을 토해내고
강은 만 리의 바람을 머금고 있네.

| | |
|---|---|
| 山 메산 | ㅣ 山 山 |
| 吐 토할토 | ㅣ ㅁ ㅁ 吐 吐 |
| 孤 외로울 고 | フ 了 孑 孙 弧 孤 孤 |
| 輪 바퀴 륜 | ㅁ 車 車 軩 軩 軩 輪 |
| 月 달월 | ノ 月 月 月 |

| | |
|---|---|
| 江 강강 | ﾞ ﾞ ﾞ 江 江 江 |
| 含 머금을 함 | ノ 人 스 今 今 含 含 |
| 萬 일만 만 | ﾞ 艹 苩 萬 萬 萬 萬 |
| 里 마을 리 | ㅣ ㅁ ㅁ 日 旦 里 里 |
| 風 바람 풍 | ノ 几 凡 凧 風 風 風 |

露凝千片玉
노 응 천 편 옥
菊散一叢金
국 산 일 총 금

이슬이 맺히니 천 조각 구슬이요
국화가 흩어지니 한 떨기 황금이로다.

| 露 | | | | | | | |
|---|---|---|---|---|---|---|---|
| 이슬 노(로) | 一 二 干 干 雫 雨 雨 雩 雩 雩 霉 露 | | | | | | |
| 凝 | | | | | | | |
| 엉길 응 | 冫 冫 冫 决 決 凝 凝 | | | | | | |
| 千 | | | | | | | |
| 일천 천 | 一 二 千 | | | | | | |
| 片 | | | | | | | |
| 조각 편 | 丿 丿 片 片 | | | | | | |
| 玉 | | | | | | | |
| 구슬 옥 | 一 二 千 王 玉 | | | | | | |

| 菊 | | | | | | | |
|---|---|---|---|---|---|---|---|
| 국화 국 | 艹 芍 芍 芍 菊 菊 菊 | | | | | | |
| 散 | | | | | | | |
| 흩을 산 | 艹 芇 芇 苒 苒 散 散 | | | | | | |
| 一 | | | | | | | |
| 한 일 | 一 | | | | | | |
| 叢 | | | | | | | |
| 떨기 총 | " 芈 芈 芈 芈 芈 芈 叢 | | | | | | |
| 金 | | | | | | | |
| 쇠 금 | 丿 人 스 수 仝 仝 金 金 | | | | | | |

白蝶紛紛雪
백 접 분 분 설
黃鶯片片金
황 앵 편 편 금

흰나비는 이리저리 흩날리는 눈이요
누런 꾀꼬리는 조각조각 금이로다.

| 白 | | | | | |
|---|---|---|---|---|---|
| 흰백 | ′ ′ 白 白 白 | | | | |
| 蝶 | | | | | |
| 나비 접 | 口 虫 虫 蚰 蚰 蝶 蝶 | | | | |
| 紛 | | | | | |
| 어지러울 분 | ′ ㅅ ㅆ 糸 糸 紛 紛 | | | | |
| 紛 | | | | | |
| 어지러울 분 | ′ ㅅ ㅆ 糸 糸 紛 紛 | | | | |
| 雪 | | | | | |
| 눈 설 | 一 千 雪 雪 雪 雪 雪 | | | | |

| 黃 | | | | | |
|---|---|---|---|---|---|
| 누를 황 | 一 丗 丗 普 普 黃 黃 | | | | |
| 鶯 | | | | | |
| 꾀꼬리 앵 | ′ ㅆ ㅆ 带 鶯 鶯 | | | | |
| 片 | | | | | |
| 조각 편 | ノ ノ′ ′ 片 | | | | |
| 片 | | | | | |
| 조각 편 | ノ ノ′ ′ 片 | | | | |
| 金 | | | | | |
| 쇠 금 | ノ 人 今 今 余 余 金 金 | | | | |

洞深花意懶
동 심 화 의 라

山疊水聲幽
산 첩 수 성 유

골짜기가 깊으니 꽃이 피려는 뜻 게으르고
산이 깊으니 물소리도 그윽하여라.

| 洞 | | | | | |
|---|---|---|---|---|---|
| 골 동 | ⟍ ⟍ 氵 氵 汩 汩 洞 洞 | | | | |
| 深 | | | | | |
| 깊을 심 | 氵 氵 汀 汀 泙 深 深 | | | | |
| 花 | | | | | |
| 꽃 화 | ⟍ ⟍ ⟍ 艹 ⟍ 花 花 | | | | |
| 意 | | | | | |
| 뜻 의 | ⟍ ⟍ 立 立 音 音 意 意 | | | | |
| 懶 | | | | | |
| 게으를 라 | ⟍ 忄 忄 忴 忴 忴 懶 懶 | | | | |

| 山 | | | | | |
|---|---|---|---|---|---|
| 메 산 | ⟍ 凵 山 | | | | |
| 疊 | | | | | |
| 거듭 첩 | ⟍ ⟍ ⟍ 田 田 畾 畾 畾 畾 疊 疊 | | | | |
| 水 | | | | | |
| 물 수 | ⟍ 刀 冰 水 | | | | |
| 聲 | | | | | |
| 소리 성 | 士 吉 声 殸 殸 聲 聲 | | | | |
| 幽 | | | | | |
| 그윽할 유 | ⟍ ⟍ 幺 幺 丛 丛 幽 幽 | | | | |

83

氷解魚初躍
빙 해 어 초 약

風和雁欲歸
풍 화 안 욕 귀

얼음이 녹으니 물고기가 처음 뛰어오르고
바람이 온화하니 기러기 돌아가려 하네.

| 氷 | | | | | |
|---|---|---|---|---|---|
| 얼음 빙　丿 亅 기 가 氷 | | | | | |

| 解 | | | | | |
|---|---|---|---|---|---|
| 풀 해　⺈ 角 角 触 解 解 解 | | | | | |

| 魚 | | | | | |
|---|---|---|---|---|---|
| 물고기 어　⺈ ⺈ 缶 缶 魚 魚 魚 | | | | | |

| 初 | | | | | |
|---|---|---|---|---|---|
| 처음 초　丶 ⺀ 衤 衤 衤 初 初 | | | | | |

| 躍 | | | | | |
|---|---|---|---|---|---|
| 뛸 약　⺀ 무 躍 躍 躍 躍 | | | | | |

| 風 | | | | | |
|---|---|---|---|---|---|
| 바람 풍　丿 几 凡 風 風 風 風 | | | | | |

| 和 | | | | | |
|---|---|---|---|---|---|
| 화할 화　⺌ 二 千 禾 禾 和 和 | | | | | |

| 雁 | | | | | |
|---|---|---|---|---|---|
| 기러기 안　一 厂 厃 厏 厈 雁 雁 雁 雁 | | | | | |

| 欲 | | | | | |
|---|---|---|---|---|---|
| 하고자 할 욕　丿 ⺌ 父 谷 谷 谷 谷 欲 欲 欲 | | | | | |

| 歸 | | | | | |
|---|---|---|---|---|---|
| 돌아갈 귀　⺁ 阜 阜 阜 歸 歸 歸 歸 | | | | | |

春北秋南雁
춘 북 추 남 안
朝西暮東虹
조 서 모 동 홍

봄에는 북쪽, 가을에는 남쪽에 있는 것은 기러기요
아침에는 서쪽, 저녁에는 동쪽에 있는 것은 무지개라네.

| 春 | | |
|---|---|---|
| 봄춘 | 一 二 三 未 春 春 | |

| 北 | | |
|---|---|---|
| 북녘북 | 一 丁 斗 圵 北 | |

| 秋 | | |
|---|---|---|
| 가을추 | 一 二 千 禾 禾 秒 秋 | |

| 南 | | |
|---|---|---|
| 남녘남 | 十 十 冉 冉 南 南 南 | |

| 雁 | | |
|---|---|---|
| 기러기 안 | 一 厂 厂 厂 厈 厈 雁 雁 雁 | |

| 朝 | | |
|---|---|---|
| 아침 조 | 十 古 古 卓 朝 朝 朝 | |

| 西 | | |
|---|---|---|
| 서녘 서 | 一 丆 冇 西 西 西 | |

| 暮 | | |
|---|---|---|
| 저물 모 | 艹 艹 艹 莒 莫 莫 暮 | |

| 東 | | |
|---|---|---|
| 동녘 동 | 一 厂 冉 日 申 東 | |

| 虹 | | |
|---|---|---|
| 무지개 홍 | 口 中 虫 虫 虹 虹 | |

柳幕鶯爲客
유 막 앵 위 객
花房蝶作郞
화 방 접 작 랑

버들 장막에는 꾀꼬리가 손님이 되고
꽃방에는 나비가 신랑이 되네.

| 柳 | | |
|---|---|---|
| 버들 유 | 一 十 才 木 栁 栁 柳 | |

| 幕 | | |
|---|---|---|
| 장막 막 | 艹 茸 苜 莫 莫 幕 幕 | |

| 鶯 | | |
|---|---|---|
| 꾀꼬리 앵 | 火 灮 丵 炒 鶯 鶯 | |

| 爲 | | |
|---|---|---|
| 할 위 | 一 ナ 爫 爫 爲 爲 爲 爲 | |

| 客 | | |
|---|---|---|
| 손 객 | 宀 宀 灾 宓 宓 客 客 | |

| 花 | | |
|---|---|---|
| 꽃 화 | 一 艹 艹 艹 艼 花 花 | |

| 房 | | |
|---|---|---|
| 방 방 | 一 ㇕ 戶 戶 戶 房 房 | |

| 蝶 | | |
|---|---|---|
| 밟을 접 | 口 虫 虰 蚰 蝰 蝉 蝶 | |

| 作 | | |
|---|---|---|
| 지을 작 | ノ イ 仁 作 作 作 作 | |

| 郞 | | |
|---|---|---|
| 사내 랑 | 丶 彐 皀 良 良 郎 郎 | |

# 山高松下立
산 고 송 하 립

# 江深沙上流
강 심 사 상 류

산은 높아도 소나무 아래 서 있고
강은 깊어도 모래 위로 흐르네.

| 山 | |
|---|---|
| 메산 | ㅣ 山 山 |
| 高 | |
| 높을 고 | 丶 亠 亠 高 高 高 |
| 松 | |
| 소나무 송 | 十 才 木 木 朳 松 松 |
| 下 | |
| 아래 하 | 一 丁 下 |
| 立 | |
| 설립 | 丶 二 ㅜ 立 立 |

| 江 | |
|---|---|
| 강 강 | 丶 丶 氵 汀 江 江 |
| 深 | |
| 깊을 심 | 氵 汀 沪 泙 深 深 |
| 沙 | |
| 모래 사 | 丶 丶 氵 汋 沙 沙 |
| 上 | |
| 윗상 | ㅣ ㅏ 上 |
| 流 | |
| 흐를 류 | 氵 汇 沽 洁 浐 流 流 |

花開昨夜雨
화 개 작 야 우
花落今朝風
화 락 금 조 풍

어젯밤 비에 꽃이 피더니
오늘 아침 바람에 꽃이 지네.

| 花 | | |
|---|---|---|
| 꽃 화 | ⺋ ⺊ 艹 艹 花 花 花 | |
| 開 | | |
| 열 개 | ⼻ ⼺ 門 門 門 閂 開 開 | |
| 昨 | | |
| 어제 작 | ⼁ 冂 日 旷 旷 昨 昨 | |
| 夜 | | |
| 밤 야 | ⼇ ⼧ ⼧ 疒 夜 夜 夜 | |
| 雨 | | |
| 비 우 | ⼀ ⼂ 冂 雨 雨 雨 雨 | |

| 花 | | |
|---|---|---|
| 꽃 화 | ⺋ ⺊ 艹 艹 花 花 花 | |
| 落 | | |
| 떨어질 락 | ⺧ 艹 艹 莎 莈 落 落 | |
| 今 | | |
| 이제 금 | ⼃ ⼈ 亼 今 | |
| 朝 | | |
| 아침 조 | ⼗ 古 占 卓 朝 朝 朝 | |
| 風 | | |
| 바람 풍 | ⼃ 几 凡 凡 風 風 風 | |

88

大旱得甘雨
대 한 득 감 우
他鄉逢故人
타 향 봉 고 인

큰 가뭄에 단비를 얻고
타향에서 옛 친구를 만나네.

| 大 | |
|---|---|
| 클 대 | 一 ナ 大 |
| 旱 | |
| 가물 한 | 丶 冂 冂 日 旦 旦 旱 |
| 得 | |
| 얻을 특 | ′ ⺇ 彳 彳 彳 彴 彴 得 得 得 |
| 甘 | |
| 달 감 | 一 十 十 甘 甘 |
| 雨 | |
| 비 우 | 一 厂 冂 雨 雨 雨 雨 |

| 他 | |
|---|---|
| 다를 타 | ′ ⺅ ⺅ 仳 他 他 |
| 鄉 | |
| 시골 향 | ′ 乡 纩 绝 绝 绝 鄕 鄉 |
| 逢 | |
| 만날 봉 | 夕 夂 冬 夆 夆 逢 逢 |
| 故 | |
| 연고 고 | 十 十 古 古 古 故 故 |
| 人 | |
| 사람 인 | ノ 人 |

# 畫虎難畫骨
화 호 난 화 골
# 知人未知心
지 인 미 지 심

호랑이를 그려도 뼈는 그리기 어렵고
사람을 알아도 마음은 알 수 없다네.

| 畫 | | | |
|---|---|---|---|
| 그림 화 | ㄱ ㄱ ㄹ 圭 書 書 畫 | | |

| 虎 | | | |
|---|---|---|---|
| 범 호 | ㅏㅗ 广 广 虍 虎 虎 | | |

| 難 | | | |
|---|---|---|---|
| 어려울 난 | 一 廿 甘 堇 莫 虉 糞 難 難 | | |

| 畫 | | | |
|---|---|---|---|
| 그림 화 | ㄱ ㄱ ㄹ 圭 書 書 畫 | | |

| 骨 | | | |
|---|---|---|---|
| 뼈 골 | ㅣ 冂 冋 円 骨 骨 骨 | | |

| 知 | | | |
|---|---|---|---|
| 알 지 | ㅏㅗ 矢 矢 知 知 知 | | |

| 人 | | | |
|---|---|---|---|
| 사람 인 | ノ 人 | | |

| 未 | | | |
|---|---|---|---|
| 아닐 미 | 一 二 牛 牛 未 | | |

| 知 | | | |
|---|---|---|---|
| 알 지 | ㅏㅗ 矢 矢 知 知 知 | | |

| 心 | | | |
|---|---|---|---|
| 마음 심 | ノ 心 心 心 | | |

水去不復回
수 거 불 부 회
言出難更收
언 출 난 갱 수

물은 흘러가면 다시 돌아오지 않고
말은 한 번 뱉으면 다시 거두기 어렵다네.

| 水 | | | | | |
|---|---|---|---|---|---|
| 물 수　丿 기 水 水 | | | | | |

| 去 | | | | | |
|---|---|---|---|---|---|
| 갈 거　一 十 土 去 去 | | | | | |

| 不 | | | | | |
|---|---|---|---|---|---|
| 아닐 불　一 丆 不 不 | | | | | |

| 復 | | | | | |
|---|---|---|---|---|---|
| 다시 부　丿 彳 彳 彳 复 復 復 | | | | | |

| 回 | | | | | |
|---|---|---|---|---|---|
| 돌아올 회　丨 冂 冂 回 回 回 | | | | | |

| 言 | | | | | |
|---|---|---|---|---|---|
| 말씀 언　丶 亠 三 言 言 言 言 | | | | | |

| 出 | | | | | |
|---|---|---|---|---|---|
| 날 출　丨 屮 屮 出 出 | | | | | |

| 難 | | | | | |
|---|---|---|---|---|---|
| 어려울 난　一 艹 苗 堇 堇 莫 難 難 難 難 | | | | | |

| 更 | | | | | |
|---|---|---|---|---|---|
| 다시 갱　一 一 曰 更 更 | | | | | |

| 收 | | | | | |
|---|---|---|---|---|---|
| 거둘 수　丨 丩 収 収 收 收 | | | | | |

學文千載寶
학 문 천 재 보

貪物一朝塵
탐 물 일 조 진

글을 배우면 천년의 보배요
물건을 탐하면 하루아침의 티끌이라네.

| 學 | |
|---|---|
| 배울 학 | 「 F F 刊 臼 鹋 毆 學 學 |
| 文 | |
| 글월 문 | 、 亠 ナ 文 |
| 千 | |
| 일천 천 | 丿 二 千 |
| 載 | |
| 실을 재 | 十 土 吉 車 載 載 載 |
| 寶 | |
| 보배 보 | 宀 宀 宔 宔 寶 寶 寶 |

| 貪 | |
|---|---|
| 탐낼 탐 | 八 合 含 含 貪 貪 貪 |
| 物 | |
| 물건 물 | 亠 牛 牛 半 物 物 物 |
| 一 | |
| 한 일 | 一 |
| 朝 | |
| 아침 조 | 十 古 吉 卓 朝 朝 朝 |
| 塵 | |
| 티끌 진 | 广 广 庐 庐 庐 鹿 塵 |

92

文章李太白
문 장 이 태 백

筆法王羲之
필 법 왕 희 지

문장은 이태백이요
필법은 왕희지라네.

| | |
|---|---|
| 文 | |
| 글월 문 | `丶亠ナ文` |
| 章 | |
| 글 장 | `丶亠亠立音音音章章` |
| 李 | |
| 성씨 이 | `一十才木本李李` |
| 太 | |
| 클 태 | `一ナ大太` |
| 白 | |
| 흰 백 | `丿亻白白白` |

| | |
|---|---|
| 筆 | |
| 붓 필 | `丶ᅩ竹竹竺笙筆筆` |
| 法 | |
| 법 법 | `丶氵氵汢法法` |
| 王 | |
| 임금 왕 | `一二千王` |
| 羲 | |
| 복희씨 희 | `丷丷丷羊羊着着義義義` |
| 之 | |
| 갈 지 | `丶之之` |

一日不讀書
일 일 부 독 서

口中生荊棘
구 중 생 형 극

하루라도 글을 읽지 않으면
입 안에 가시가 돋는다.

| 一 | | | | | |
|---|---|---|---|---|---|
| 한일 | 一 | | | | |
| 日 | | | | | |
| 날일 | ㅣㄇㄇ日 | | | | |
| 不 | | | | | |
| 아닐부 | 一ㄱㄱ不 | | | | |
| 讀 | | | | | |
| 읽을 독 | 讀 | | | | |
| 書 | | | | | |
| 글서 | 書 | | | | |

| 口 | | | | | |
|---|---|---|---|---|---|
| 입구 | ㅣㄇ口 | | | | |
| 中 | | | | | |
| 가운데 중 | ㅣㄇ口中 | | | | |
| 生 | | | | | |
| 날생 | ノ⺊⺊生生 | | | | |
| 荊 | | | | | |
| 가시나무 형 | 荊 | | | | |
| 棘 | | | | | |
| 가시 극 | 棘 | | | | |

94

花有重開日
화　유　중　개　일
人無更少年
인　무　갱　소　년

꽃은 다시 필 날이 있지만
사람은 다시 소년이 될 수 없네.

| 花 | | |
|---|---|---|
| 꽃 화 | 一 十 卄 艹 艿 花 花 | |
| 有 | | |
| 있을 유 | ノ ナ 才 有 有 有 | |
| 重 | | |
| 무거울 중 | 一 二 亡 亡 盲 重 重 | |
| 開 | | |
| 열 개 | 「 「 門 門 門 開 開 | |
| 日 | | |
| 날 일 | 一 「 「 日 | |

| 人 | | |
|---|---|---|
| 사람 인 | ノ 人 | |
| 無 | | |
| 없을 무 | 一 二 無 無 無 無 | |
| 更 | | |
| 다시 갱 | 一 「 百 更 更 | |
| 少 | | |
| 적을 소 | 丿 小 小 少 | |
| 年 | | |
| 해 년 | ノ ᅩ 二 仁 仁 年 | |

# 白日莫虛送
백 일 막 허 송
# 青春不再來
청 춘 부 재 래

젊은 날을 헛되이 보내지 말라.
청춘은 다시 오지 아니하니.

| 白 | | | |
|---|---|---|---|
| 흰 백 | ′ ′ 白 白 白 | | |
| 日 | | | |
| 날 일 | 丨 冂 日 日 | | |
| 莫 | | | |
| 없을 막 | ⺈ ⺊ 丗 昔 营 草 莫 | | |
| 虛 | | | |
| 빌 허 | ⺊ 广 卢 虎 虎 虚 虚 | | |
| 送 | | | |
| 보낼 송 | ⺈ ⺌ 半 关 关 诶 送 | | |

| 青 | | | |
|---|---|---|---|
| 푸를 청 | 二 ‡ 主 丰 青 青 青 | | |
| 春 | | | |
| 봄 춘 | 一 二 三 耒 春 春 | | |
| 不 | | | |
| 아닐 부 | 一 ア 不 不 | | |
| 再 | | | |
| 두 재 | 一 冂 冃 冄 再 再 | | |
| 來 | | | |
| 올 래 | ᠆ ᡣ 巧 虸 卆 來 來 | | |